서른이 벌써

어른은 아직

서른이 벌써

어른은 아직

김경빈 지음

답

'벌써'와 '아직' 사이에서 우리는 언제까지 머뭇거릴까.
저기 바람이 떠나가는데….

작가의 말

　나이 서른에 때마침 『서른이 벌써, 어른은 아직』이라는 제목으로 엮을 원고가 한 뭉치 있으니, 왠지 내가 아주 계획적인 삶을 살아왔다는 착각을 하게 된다. 실은 그저 읽고 쓰고, 자주 포기하고 종종 다짐했을 뿐인데. 이렇듯 삶의 타이밍이란 늘 절묘할 때가 있어서, 허겁지겁 엉망진창으로 달려온 지난 날들이 문득 뿌듯할 수 있는 게 아닐까.

　불과 스물아홉까지만 해도 서른이라는 나이는 신기루 같았다. 분명 저기 험준한 미래의 언저리 어디쯤에 서른은 아지랑이처럼 피어오르고 있지만, 저 신기루가 내 손에 닿을 것이라고는, 내가 서른이 될 것이라고는 믿기지 않았다. 사실 그리 대단할 것 하나 없는 또 1년인데도 이십대에게 서른의 무게감은 육중했다.

　하지만 시간이 흐른다고 해서 마냥 다른 사람이 되는 것은 아니었다. 이립(而立)의 나이라고 해서 마냥 확고하고 단단해지는 것은 더더욱 아니었고. 아무 노력 없이 이뤄지는 일들은 믿을 것이 못 되었다. 나이 드는 일도 마찬가지여서, 스물아홉의 내가 서른이 되는 하루아침에 변한 것이라고는 한숨이 조금 더 깊어진 것뿐이었다.

해서, 서른 내내 서른을 위한 글을 쓰기로 했다. 누구나 서른을 앞두고 있고, 누구나 서른을 지나왔을 것이므로. 지금도 누군가는 서른을 살고 있고, 지금의 나처럼 "서른이 벌써, 어른은 아직"이라고 중얼거려본 적 있을 것이므로. 그런 의미에서 어쩌면 '서른'은 그저 내가 글을 쓰기 위한 명분일 뿐이었는지도 모른다. 지금으로서는 마흔이나 쉰, 어떤 나이에도 나는 "어른은 아직"이라고 말하게 될 것만 같으니까.

조금 더 괜찮은 사람이 되고 싶다는 열망 뒤에는 늘 자신에 대한 열등의 찌꺼기와 경멸의 얼룩이 남아 있었다. 내게 글을 쓰는 일은 그것들을 쓸고 닦는 방편이었다. 그리고 이 글들이 독자 분들의 마음도 조금은 쓸어내고 닦아낼 수 있었으면 좋겠다.

사랑하는 가족과
나를 믿어준 친구들과
내 이십대의 전부이자
내 모든 글의 첫 독자였던 아름이에게
이 책을 빌려 고마웠다고 전한다.

차례

Part2 어른스러워도 되는 걸까 벌써

Part3 글 짓는 자의 나날

Part4 연애의 일상 일상의 연애

Part 1
서른의 태도에 관하여

남들 하는 만큼은 한다고 생각하면서도 외국어 얘기만 나오면 실없이 웃으면서 "난 국문과 출신이라…"라는 말이 먼저 나온다. 수학은 이차방정식이 내 마지막 단원이다. 삼각함수니 시그마니 하는 단어는 기억하지만 어떻게 계산하는 것인지는 가물가물하다. 미술 실력은 더 형편없다. 초등학교 1학년 때였던가, 지점토 작품 만들기를 했을 땐 공룡, 자동차, 꽃 같은 작품들 사이에 '공'이란 제목으로 지점토를 동그랗게 빚어두기만 했다.(차라리 제목을 '지구'나 '슈퍼문' 같은 걸로 했다면 좀 있어 보였을 텐데.)

아무튼 어릴 적부터 지금까지 할 줄 아는 거라곤 읽고 쓰는 일과 열심히 뛰어다니는 것뿐이지만, 그런 나도 '장래희망조사'를 할 땐 그럴 듯한 직업을 적어내는 눈치는 있었다. 나는 장래희망으로 과학자와 의사를 주로 적었고(수학에는 젬병인 내가!), 외교관이라든가(국문과 졸업했습니다.) 가수라고 적기도 했다(노래방을 좋아하긴 합니다만). 결과적으로 서른에 이르러 칼럼과 에세이를 쓰고 택배 일을 하며 가끔 운 좋게 강연을 하고 있지만, 어릴 적 내가 적었던 장래희망을 보고 기대로 부풀었을 부모님의 마음을 생각하면 괜히 죄송스러워진다.

서울대학교, 하버드 대학교를 외치던 고등학교 1학년 학생이 4년제 국립대만이라도 가면 좋겠다는 푸념을 하는 고등학교 3학년 수험생이 되는 경험을 통해, 대학 신입생 시절 이미 나와 동기들은 소시민적 체념에 능숙했다. 지방 4년제 국립대학의 상경계열 학과에 입학해서 공급 수요 법칙이라든가 가격탄력성, 경영학의 아버지 피터 드러커 따위를 달달 외우며 내가 바랐던 건 다만 취업이나 잘 되었으면, 하는 것이었다. 물론 그마저도 최선이라기보다는 최소한의 목표였다.

그때나 지금이나 심각한 청년 취업난 속에서 우리가 한숨에 섞어 자주 했던 말은 "난 그냥 평범하게 살고 싶은데, 큰 욕심 안 부리고 적당히 벌고 적당히 쓰면서 살고 싶은데. 그게 이렇게 어렵나?"였다. 과학자, 의사, 가수, 심지어는 대통령을 꿈꿨던 우리는 어느새 거저 얻을 수 있을 것만 같았던 평범한 삶을 갈구하는 신세가 되었다. '평범한 삶'은 어디에나 있지만 어디에도 없는, 청춘을 희망 고문하는 신기루 같았다.

그 때문일까. 그 시절 우리가 술에 취해 털어놓은 속내는 이랬다. "꿈은 없고요, 그냥 놀고 싶습니다!"(그렇게 같이 외쳤던 친구들 대부분이 번듯한 직장인이 되었다. 배신감이 든다.) 돈 많은 백수, 금수저 집안의 자식, 조물주 위의 건물주 같은 허무맹랑한 망상을 꿈꿨다. 그래도 다들 심성은 착해서 함부로 저를 키워내느라 등골이 다 휘어버린 부모를 욕하지는 않았다. 대신 부질없는 로또에 운명을 걸어볼 뿐.

나는 지금 '글 쓰는 삶'이라는 목표와 꿈을 위해 살지만, 그럼에도 불구하고 한 달에 한두 번쯤 로또를 산다. 가끔 사려다가 못 샀을 땐 "아, 또 몇 십억 놓쳤네" 하는 헛소리도 하고. 꿈을 좇으며 살고 있으면서도 가끔은 '평범한 삶'이라는 신기루와 '꿈 따위 버리고 놀고만 싶은 삶'이라는 망상을 완전히 놓아버리지는 못한 셈이다. 그 둘은, 너무 매력적이다. 평화롭고 풍족하다. 나는 매일 머릴 쥐어짜내며 글을 쓰고, 온몸을 땀으로 샤워하며 택배 일을 하고 있는데.

얼마 전, 부산문화재단이 후원하는 '일교차 줄이기 프로젝트' 모임에서 연사로 초청 받아 강연을 했다. 꿈을 위해 고군분투하는 프리랜서 작가라는 타이틀이 초청의 이유였다. 세상에, 거창하게 이뤄둔 것 없이 그저 열심히 산다는 이유만으로도 강연을 할 수 있다니. 열댓 명 앞에서 어쭙잖은 말주변으로 한 시간 정도 강연을 끝냈고, 다행히 반응이 그리 나쁘지는 않았다.

강연을 준비하며 자연스럽게 스스로를 돌아보게 되었다. 그래도 명색이 강연이니, 뭔가 특별하고 임팩트 있는 이야기를 하긴 해야겠는데 아무리 내 인생을 구석구석 뒤져봐도 별로 건질 거리가 없었다. 이럴 리가 없는데, 내 인생이 이렇게 평범하고 지루했던가. 그러다 문득 이런 생각이 드는 거다. 어? 알고 보니 내가 꽤 평범한 삶을 살았네. 한때 그토록 원하던 평범한 삶을.

한 가지 재미있는 건, 정작 내 이야기를 듣는 사람들은 나를 특별하게 바라본다는 것이다. 나를 아는 내 친구들도 나를 좀 특이하게 생각한다. 어쨌든 남들 다 쌓는 스펙도 안 쌓고, 남들 다 하는 취직도 안 했으니까. 직장인들 사이에서 프리랜서 작가랍시고 글을 쓰고 있으니까. 하지만 내가 보기엔 그 직장인 친구들도 충분히 특별하다. 나로서는 엄두도 못 내는 일들을 척척 해내고 있으니까. 어쩌면 우리는 스스로에게는 시답잖고 평범하지만 서로에게는 특별한 삶을 살고 있는 건지도 모른다.

강연을 준비하고, 사람들 앞에서 내 이야길 전하면서 평범하고 싶다는 욕망의 정체에 대해서 생각해본다. 적당히 벌고 적당히 쓰는 삶. 아주 대단한 행복도, 아주 대단한 불행도 없는 삶. 봄날의 호수처럼 잔잔한 삶. 우리가 평범하고 싶다고 말할 때 바라는 것들이다.

하지만 평범한 삶이라는 건 소득 수준이나 안정감 정도로 정의되는 것이 아니라, 그저 내가 나다운 삶을 의미하는 게 아닐까. 남과 비교하지 않아도 되는 삶. 누군가 부럽긴 하지만 그렇다고 스스로가 비참하진 않은 삶. 고인 호수보다 흐르는 강물이 더 삶과 닮아 있다는 걸 아는 삶. 그런 평범함이라면, 누구나 각자의 평범함으로 살아갈 수 있다. 동시에 누구나 서로에게 특별함으로 빛날 수도 있다. 평범함과 특별함이 서로 다르지 않을 수 있다.

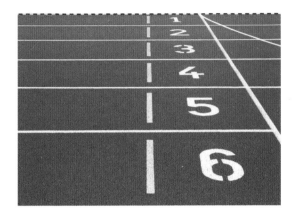

꿈을 좇으며 살고 있으면서도 가끔은 '평범한 삶'이라는 신기루와 '꿈 따위 버리고 놀고만 싶은 삶'이라는 망상을 완전히 놓아버리지는 못한 셈이다. 그 둘은, 너무 매력적이다. 평화롭고 풍족하다. 나는 매일 머릴 쥐어짜내며 글을 쓰고, 온몸을 땀으로 샤워하며 택배 일을 하고 있는데.

필사적으로 덤비지 말고

누군가에게 함부로 필사적이길 요구하는 행태는 늘 불편하다. 더 나아가 누군가의 방황과 실패를 두고 필사적이지 않았기 때문이라고 단정 짓는 오만불손함은 불쾌하기까지 하다. 술에 취해 불콰해진 얼굴로 자주 내뱉는 말이지만, 그의 인생을 대신 살아줄 것이 아니라면 조언이랍시고 함부로 평가하는 짓만은 하지 말아야 한다고 생각한다.

'필사적必死的'이라는 단어는 말 그대로 '죽을힘을 다해'라는 건데, 우리가 어쩌다 인생의 자질구레한 성취들을 위해 '죽을힘'까지 동원해야 하는 지경에 이르렀는가 말이다. 잘 먹고 잘 사는 것만 해도 버거운데 죽을힘이라니. 이순신 장군의 '필사즉생必死卽生 필생즉사必生卽死' 그 함의를 모르는 건 아니지만, 요즘은 '필사즉사必死卽死 필생즉생必生卽生', 다시 말해 죽으려고 들면 당장이라도 죽고, 부단히 살기 위해 노력해야 겨우 살아남는 시대다. 함부로 죽을힘을 다했다간 정말 죽을 수도 있는, 아주 살벌한 시대.

그러니까 우리 무슨 일을 하더라도 제 몸 살펴가며 잘 살아갈 수 있을 만큼 노력하자. 큰 병을 얻고 나서가 아니라 조금 아픈 것 같을 때, 미루지 말고 병원을 가거나 푹 쉬어버리자. 웬만큼 했는데도 안 될 것 같으면 일단 좀 쉬었다 하자. 세상이 무너질 것 같은 일들은 결코 세상을 무너뜨릴 수 없음을 잊지 말자. 내 한 몸 바칠 만한 가치가 있는 건, 바로 내 한 몸뿐이니까. 자기희생과 최선은 절대 동의어가 아니니까.

함부로 필사적으로 덤비지 말고
어떻게든 필생적必生的인 태도로 살자.
우리, 잘 살자.

역설적인 태도

누구나 가끔 대책 없이 감정적인 무기력 상태에 빠질 때가 있다.

어릴 적엔 오후 5시쯤, 햇살의 명도가 낮아지고 어스름이 깔리면 나는 괜히 무기력하고 슬펐다. 다 커선 통장의 잔액이 예상보다 적거나, 열심히 글을 써도 제자리인 것만 같을 때 무기력했다. 내일이나 다음 주, 다음 달이 아니라 몇 년 단위로 인생의 먼 곳까지 가늠하다 보면 어김없이 무기력했다. 몸무게가 늘어나고 100kg이 넘는 무게를 너끈히 들어 올릴 수 있게 되었지만, 그건 별로 도움이 되지 않았다. 무기력이라는 건 기분 나쁜 질감의 액체 같아서 부지불식간에 존재의 틈새로 스며들었고, 사람은 완전 방수가 불가능한 존재였다.

그럴 때, 나는 푹 젖은 솜처럼 널브러져서 다시 기분이 보송보송해질 때까지 하염없이 기다렸다. 젖은 것들은 언젠가 마르는 법이라고 믿으면서. 하지만 그건 그다지 좋은 방법이 아니었다. 마르기는커녕 짓무르는 연약한 부위들이 쓰리고 괴롭기만 했다. 산다는 게 다 뭘까. 애쓰는 게 다 무슨 소용이람.

비관론과 염세주의를 지나 허무주의에 이르면 그런 같잖은 생각마저 들었다. 그래도 술이나 담배를 찾지 않았다는 건 다행스럽다. 만약 그랬다면, 나는 지금보다도 훨씬 형편없는 인간이 되었을 것이다.

무기력無氣力, 말 그대로 기운도 힘도 없는 상태일 때 가장 효과적인 방법은 역설적이게도 없는 기운과 힘을 더 끌어다 쓰는 것이었다. 한숨을 푹푹 쉬며 비척비척 걸어 헬스장으로 향하거나, 질기고 퍽퍽한 닭 가슴살을 씹는 심정으로 책을 펼쳐 텁텁한 문장들을 읽었다. 뜨거운 물을 낭비하며 오래 샤워를 하거나, 별 볼 일 없는 동네의 골목골목을 쏘다니며 걷기도 했다. 당장은 힘들고 버겁게만 느껴지던 일들을 꾸역꾸역 해내다 보면 희한하게도 다시 기력이 차올랐다.

숨통이 틔고 눈이 맑아지는 기분. 어깨며 허리며 다리의 관절들이 개운해지고 안면 근육의 긴장이 풀리는 기분. 문득 젖어 있던 존재의 곳곳이 보송보송해지는 게 느껴지고, 산다는 게 뭐 별건가 싶은 출처불명의 자신감도 슬그머니 고개를 든다. 달라진 건 아무것도 없는데, 혼자서 북 치고 장구 치며 회복하는 것이다.

무기력할 때 기력을 더 쏟아부어야 한다는 역설적인 태도. 무無로부터 생겨나는 삶의 유의미함. 어쩌면 사람은 그런 역설적인 태도 덕분에 쉽게 쓰러지지 않는 것인지도 모른다.

마크 주커버그의 회색 티셔츠[*]

여름을 맞아 새 운동화를 샀다. 폭신폭신한 중창과 캐주얼한 복장에도 잘 어울릴 법한 디자인, 바람 송송 통하는 시원함, 그리고 무엇보다도 오리발처럼 발볼이 넓은 내게 꼭 맞는 라스트의 모양까지. 굉장히 만족하면서 뜨거운 여름 아스팔트 위를 활보하고 있다. 하루는 그 신발을 신고 2년 만에 고등학교 동창 친구를 만났는데, 그 친구가 나를 보자마자 대뜸 한다는 말이 "야, 니는 예전부터 꼭 니 같은 신발을 신고 다니네"였다.

'니 같은 신발?' 이거 욕인가 싶어 열심히 항변했다. 무슨 소리냐, 이 신발 올해 신상인데. 그리고 나는 단 한 번도 똑같은 종류의 신발을 다시 산 적이 없는데. 그러자 그 친구 왈 "아니, 똑같은 신발이라는 게 아니라 그냥 신발이 니 같다고. 왠지 모르게."

우리는 왠지 모르게 본인과 닮은 것들을 고르는 걸까. 아님 내가 고르는 것들이 반복되어서 그게 나를 드러내는 특성이 되어버린 걸까. 어느 쪽이든 그 과정은 서로 다를 수 있겠지만 결과는 확실하다. 내 선택이 나를 만든다. 심지어 2년 만에 만난 친구의 시선, 그 가장 아래쪽에 있는 신발조차도.

마크 주커버그는 회색 티셔츠만 입는다. 그냥 그를 떠올리면 회색 티셔츠가 떠오른다. 스티브 잡스가 입었던 이세이 미야케 블랙 폴라 니트와 물 빠진 리바이스 청바지, 뉴발란스 회색 운동화처럼 마크 주커버그에게는 회색 티셔츠가 있다. 그는 늘 같은 티셔츠를 입는 이유에 대해 어떤 옷을 입을 것인지 고민하는 데 에너지를 쏟고 싶지 않기 때문이라고 말한다. 가히 그의 열정을 가늠해볼 수 있는 대목이다.

하지만 그의 사례를 통해 '같은 옷 입기'가 열정의 척도가 된다고 단정 짓는 것은 큰 그림을 이해하지 못한 것이다. 마크 주커버그와 스티브 잡스, 그들의 열정이 옷이 아니었던 것뿐. 그들이 만약 패션 디자이너였다면 아마 매일 세 끼 식사에 똑같은 걸 먹었거나, 매일 똑같은 루틴의 운동만 했을 것이다. 요지는 선택과 집중에 있다. 내가 선택한 것에 집중하고, 선택하지 않은 것은 최대한 단순화한다.

그런 측면에서 안타깝게도 나는 제대로 된 선택과 집중을 하지 못했다. 내 생활의 선택 중에서 의도적으로 늘 똑같게 만든 것은 없다. 나는 늘 더 좋은 것, 더 값싸거나, 더 내구성이 좋은 것, 또는 내게 더 잘 어울리는 것들을 고르려 고심한다. 입어보고, 신어본다. 때문에 내 옷장과 신발장에 서로 똑같은 아이템은 단 하나도 없다. 뭐, 군대 보급품도 아니고 뭐 하러 똑같은 걸 몇 개씩 산단 말인가.

그러나, 그럼에도 불구하고, 그렇게 다 다른 것들을 고심해서 샀는데도 2년 만에 만난 내 친구는 내 신발을 '니 같은 신발'이라고 부른다. 이유는 간단하다. 아무리 오래 고민해도, 서로 다른 듯해도, 결국 그걸 선택한 건 바로 '나'이기 때문에. 마크 주커버그 같은 엄청난 업적을 이루지 못했으면서도 그와 비슷한 방식으로 '나의 나됨'이 드러난다는 것은 우습고도 민망한 일이다. 하지만 한편으로는 열심히 '나'로 살아왔구나 하는 안도감이 들기도 한다.

요즘은 밥 먹을 시간, 잠 잘 시간 쪼개서 워커홀릭처럼 일에 매달리고 있다. 그래도 오늘은 이 글을 다 쓰고 나면 한 시간쯤 여유가 난다. 벼르고 벼르던, 벌써 몇 주째 장바구니에서 숙성되고 있는 티셔츠를 결제해야겠다. 보나마나 꼭 나같이 생겨먹은 티셔츠일 것이다.

가장 평화로운 순간은 사실 가장 위태로운 순간. 절정의 평화란 흠 잡을 데 없는 상태여서, 아주 조금의 흠집만으로도 깨져버리니까. 그리고 우리에게는 우릴 둘러싼 세계의 불가해한 흐름이나 예상치 못한 변수들을 통제할 능력이 없다.

결국 평화든 행복이든 침묵이든, 어떤 소중한 순간이 오면 최선을 다해 그 순간을 살아내는 수밖에 없다. 정말 그 방법 말고는, 평화든 행복이든 침묵이든 온전히 누릴 수가 없다.

프랑켄슈타인의 나사[*]

내가 어릴 적만 해도 스마트폰 같은 건 당연히 없었고, PC에도 지금 같은 검색 플랫폼이 다양하게 구축되어 있지 않았다. 때문에 남녀노소를 불문하고 가정에서 가장 핵심적 역할을 하는 매체는 TV였다. 그런 덕분인지 각 연령대를 위한 프로그램이 나름 균형적으로 편성되어 있었던 것 같다. 특히 유튜브나 페이스북으로 영상을 찾아보는 요즘의 아이들과는 달리, 그 당시의 아이들은 TV에서 방영하는 만화영화를 보기 위해 정해진 시간에 쪼르르 TV 앞에 모였고, 다음 날 학교에선 어제 본 만화영화 얘기를 하느라 바빴다.

「황금로봇 골드런」, 「가오가이거」, 「녹색전차 해모수」, 그리고 매주 일요일 아침마다 방영했던 「디즈니 만화 동산」….

그중에서도 꽤 오랫동안 기억에 남아 있는 만화는 「두치와 뿌꾸」다. "한치, 두치, 세치, 네치, 뿌꾸 빰! 뿌꾸 빰!" 중독성 있는 노래도 좋았고 드라큘라, 미라, 늑대인간, 마빈 박사, 프랑켄슈타인까지 그야말로 종합선물세트 같은 캐릭터들도 좋았다. 그중에서도 나는 프랑켄슈타인 몬스를 좋아했다. 어눌하고 느린 목소리, 착한 성격, 못 박으려다 벽을 허물어버리는 초인적인 힘, 그리고 늘 왼쪽 관자놀이에 박혀 있던 커다란 나사.

그래서, 「두치와 뿌꾸」를 보고난 후로 '나사 풀린 놈'이란 표현을 들으면 늘 몬스가 떠올랐다. 주로 엄마가 보시던 아침 드라마에서 그런 말을 많이 들었다. 이상하게도 아침 드라마엔 늘 재벌 회장님이 등장했고, 그 회장님이 탐탁지 않게 생각하는 아들이 있었고, 수시로 회장님은 자기 아들을 '얼간이 같은 놈, 나사 풀린 놈, 못난 놈' 등으로 부르곤 했으니까. 하지만 드라마 속 '나사 풀린 놈'들은 몬스처럼 착하지도, 말투가 어눌하지도 않았다. 표독한 눈을 하고 음모를 꾸미는 그 '나사 풀린 놈'들은, 그래서 내겐 몬스와 달리 별로 정이 가는 캐릭터들은 아니었다.

보통은 어디 정신을 놔두고 다니는 사람처럼 중요한 걸 까먹거나, 일을 제대로 하지 못하는 사람, 멍한 상태로 있는 사람을 두고 '나사가 풀렸다'고 표현한다. 애초에 '느슨하게 둬야 할 나사' 같은 건 없으니까. 나사란 건 단단히 조여서 무엇인가를 고정시키려고 있는 거니까. 그러니 '정신머리'뿐만 아니라 어느 곳에 박혀 있는 나사건 간에 풀린 나사는 조여야 마땅하다. 특히나 이 험난하고 팍팍한 세상을 살아가기 위해선, 더더욱.

나사를 조이는 방법은 간단하다. 나사 대가리의 홈에 십자 드라이버를 잘 맞춰 끼우고, 돌리면 된다. 오른 나사는 오른쪽으로, 왼 나사는 왼쪽으로. 진득하게, 단단히 조여져서, 더 이상 드라이버가 돌아가지 않을 때까지. 그런 점에서 '생활의 나사', '정신머리의 나사'를 조이는 방법도 꽤 간단하게 유추할 수 있다. 해야 할 일을, 정해진 루틴에 맞춰, 꾸준히 한다. 억지로 하던 일이 어느새 몸에 배어서 습관이 되고 일상이 될 때까지. 그리고 나면, 적어도 그 일에 대해선 '나사 풀린 짓'을 할 일이 현저하게 줄어든다.

운동선수들의 훈련 루틴, 작가들이 창의적인 작업물을 위해 책을 읽고, 영화를 보고, 여행을 가는 것, 수험생의 치열한 하루하루, 이 모든 것들이 각자의 방식으로 '나사를 조이는 일'일 테다. 길이가 긴 나사일수록, 더 오래, 정성 들여 나사를 조여야겠지. 어쩌면 완전히 조이기 위해 평생이 걸리는 나사도 있겠지. 삶처럼 복잡다단한 것일수록 단순한 비유에 빗대면 어쩐지 잘할 수 있을 것만 같은 자신감이 들곤 한다. 그러니까 나사의 비유에 따르면, 삶이란 건 '겨우 나사를 조이는 일'인 것이다.

하지만, 나사 조이는 그 단순한 일도 맘대로 되지 않을 때가 있다. 조립식 책상이나 옷장 같은 것들을 한 번이라도 만들어 본 사람은 알 것이다. 열심히 조이기만 하는 것이 다가 아니라는 걸. 충분하다고 생각될 때, 멈추는 것 또한 중요하다는 걸. 다 조인 나사를 억지로 더 조여봤자 나사 대가리의 홈이 뭉개지고, 나사 구멍에 상처가 나고, 힘쓴 보람 없이 드라이버가 헛돌기만 할 뿐이다.

우리네 삶에도 그렇게 헛도는 날이 자주 있다. 노력은 하지만 진전은 없는 것처럼 느껴졌던 때. 성취는 있지만 의미는 잃어버렸던 때. 최소한 '나사 풀린 놈'은 아니라는 자기 위로만으로 겨우 하루를 버텨내야 했던, 누군가는 슬럼프라고 부르고, 또 다른 누군가는 번아웃 증후군이라고 부르는, 그런 때. 차라리 열심히 살지 않아서 내 삶이 이 따위인 거라면 억울하지나 않지, 열심히 산다고 살았는데도 뜻대로 되지 않을 때에는 믿지도 않는 신을 불러다 원망도 하고, 기도도 하게 된다.

그럴 땐, 다시 가장 단순한 비유로 삶을 끌어오자. 당신은 나사를 너무 많이 조였다. 가끔 그렇게 나사가 헛도는 날이면, 잠시 멈춰보자. 어쩌면 지금 그 나사는 그대로 충분한 것일지도 모르니까.

다시, 「두치와 뿌꾸」의 몬스 이야기로 돌아가자. '프랑켄슈타인'이라고 하면 흔히 떠오르는 모습이 있다. 살 조각을 기운 듯한 초록색 피부, 각진 머리, 관자놀이에 박혀 있는 나사. '프랑켄슈타인'은 '근대의 프로메테우스'라는 부제를 달고 1818년에 출간된 영국의 작가 메리 셸리의 괴기 소설 제목이다. 자, 여기서 진짜 반전은 프랑켄슈타인의 정체가 우리가 아는 그 괴물이 아니라는 것.

이 소설 속에서 '프랑켄슈타인'은 괴물이 아니라 죽은 자의 뼈에 생명을 불어넣어 괴물을 만든 물리학자의 이름이다. 그 괴물은 추악한 자기 존재를 만든 프랑켄슈타인에 대한 증오로 그의 동생과 신부를 죽이고, 프랑켄슈타인은 그 괴물을 쫓아 북극까지 갔다가 탐험대의 배 안에서 비참하게 죽는다. 「두 치와 뿌꾸」 속 어눌하고 착한 몬스와는 전혀 다른, 비극적이고 두려운 캐릭터다.

어쩌면 그 괴물을 만든 물리학자 프랑켄슈타인은 너무 오래, 너무 많이 나사를 조였던 것 아닐까. 광적인 그의 실험이, 결국 모두를 비극으로 끌고 간 괴물을 창조해냈다. 반쯤 풀린 나사를 관자놀이에 박고서 제 존재를 부정해야 했던, 이름도 없던 그 괴물. 결국 대중에게서 자신이 그토록 증오했던 자신의 창조주인 '프랑켄슈타인'으로 회자되어야 했던 그 괴물. 과유불급, 너무 조이는 것이든 너무 풀린 것이든 과한 것은 좋지 않지만 프랑켄슈타인의 삶을 보면, 차라리 조금 나사 풀린 게 낫지 않을까 하는 실없는 생각도 하게 된다. 적어도 풀린 나사는 아직 더 조여질 수 있는 가능성의 상태이기도 하니까.

우리네 삶에도 그렇게 헛도는 날이 자주 있다.

노력은 하지만 진전은 없는 것처럼 느껴졌던 때.

차라리 열심히 살지 않아서 내 삶이 이 따위인 거라면 억울하지나 않

지, 열심히 산다고 살았는데도 뜻대로 되지 않을 때에는 믿지도 않는

신을 불러다 원망도 하고, 기도도 하게 된다.

목표가 필요한 이유

재수 학원 강사로 근무할 적에 새로 등록한 학생과 첫 상담을 하면, 꼭 묻는 것 중 하나가 "목표 대학이나 학과가 어디냐?"였다. 지극히 상식적이고 당연한 질문. 더군다나 재수생이라면, 첫 수능 이후 재수를 다짐하기까지의 시간이 있었을 것이므로 대부분 나름의 목표는 있을 것이라고 생각했다.

하지만 놀랍게도, 10명 중 6명 정도는 딱히 목표랄 게 없었다. 자신에 대한 실망과 분노, 막연한 In 서울, 하다 보면 될 것이라는 기대, 또는 그냥 떠밀려서. 처음엔 이런 학생들의 상태에 내가 더 당황스러웠다. 목표도 없이 재수를 결심했다고? 최소한 1000만 원은 넘을 재수 비용과 1년이란 시간을, 목표도 없이?

하지만 나는 얼마 지나지 않아 그럴 수도 있겠단 생각을 했다. 당시 이십대 후반이었던 나도 인생의 목표를 구체적으로 말할 수 없었으니까. 지극히 상식적이고 당연한 질문은, 때로는 오히려 무시하고 살아가게 되기도 하더라는 걸 깨달았다. 심지어는 살고 싶지 않아도, 살아지는 것이 삶이라는 것을.

그걸 깨달은 후로는, 목표가 없다는 학생들의 말에 전혀 당황하지 않았다. 너무 당황하지 않는 내 태도에 학생들이 더 당황하기도 했다. 나는 목표 없는 학생들을 타박하는 대신 이렇게 말했다.

확실하고 구체적인 목표 같은 거 없어도, 열심히 공부하면 성적은 오른다. 당장은 그렇다. 그런데도 목표가 필요한 이유는 반드시 지칠 때가 올 것이기 때문이다. 도대체 이걸 내가 왜 하는 거지? 왜 이렇게 괴롭고 힘들어야 하지? 너 자신에게 물었을 때, 스스로에게 해줄 수 있는 대답이 필요하니까. 그 대답이 바로 목표이니까. 당장은 없어도 괜찮다. 하지만 매일매일 조금씩이라도 목표에 대해 생각해봐라. 아주 구체적이지 않아도 좋다. 스스로를 응원하고 설득할 수 있을 정도면 된다.

거의 대부분의 위로가 그렇듯, 그때 내가 학생들에게 했던 말도 실은 스스로에게 하는 말이었다. 살고 싶지 않아도, 살아지는 게 삶이다. 괴로워지자 마음먹으면, 죽기보다 괴로운 게 삶이다. 왜 사는 걸까. 스스로에게 물었을 때 나는 어떤 대답을 쥐고 있을까.

그래도 요즘은 살아야 할 이유가 꽤 많다.

어릴 적 기억들을 '맛'으로 이름 붙인다면, 아마 비슷한 연령 대에게는 비슷한 이름의 기억들이 있을 것이다. '달고나' 맛 기억, '솜사탕' 맛 기억, '감기 시럽약' 맛 기억 등등의 방식으로. 내게는 '부스러기' 맛 기억이 있다. 생 라면 부스러기, 시리얼 부스러기, 과자 부스러기 같은.

그 시절의 어른들은 끓여 먹는 라면이나, 다른 과자들에 대해서는 별말씀이 없다가도 유독 생 라면을 부숴 먹는 것만큼은 몸에 좋지 않다며 타박을 하곤 하셨다. 배에 벌레가 생긴다느니, 머리가 나빠진다느니 하는 이상한 말로 위협까지 하면서. 그렇지만 하지 말라고 하면 더 하고 싶어지는 게 청개구리 사내 아이들의 심보 아니겠는가. 게다가 끓여 먹는 것과는 또 다른 생 라면만의 매력도 있고.

라면 봉지를 살짝 뜯어 숨구멍을 만들어놓고, 주먹이나 팔꿈치로 팡팡 쳐서 각자 기호에 맞게 생 라면을 부순다. 그런 뒤에 진한 주황색이거나 빨간색인 스프를 탈탈 털어넣고, 입구를 손으로 모아 쥔 뒤 흔들어준다. 다 흔들고 나면 옆에서 지켜보던 친구들의 손이 너나할 것 없이 밀려들어온다. 검지와 엄지에 라면 스프가 잔뜩 묻고, 묻은 스프를 쪽쪽 빨아 먹고, 그렇게 빨개진 손가락들이 다시 전혀 익지 않은 면발을 집는다. 아그작, 아그작. 어금니에 면발이 끼고, 입술 주변은 벌겋게 물들고, 지나치게 짠맛 때문에 혀 아래에선 자꾸 침이 나온다. 그렇게 손가락들이 몇 번 드나들고 나면 웬만한 덩어리들은 바닥이 나고 드디어 대망의 생 라면 부스러기를 먹을 타이밍이다. 당연히, 이 부스러기는 라면 주인의 몫이다.

말이 부스러기지, 실상 약간의 부스러기와 꽤 많은 스프가 라면 봉지 아래의 한쪽 모서리에 모여 있는 셈이다. 그 짜디짠 부스러기들을 한입에 털어 넣어야 비로소 생 라면 먹기가 끝난다. 혀가 아릴 만큼 짜고 매운 맛. 추억 보정의 힘이 빌리더라도, 그 부스러기 맛이 그리 훌륭하진 않았던 것 같다. 다만 마지막을 홀홀 털어 먹는 보람은 있었다. (글을 적고 있는데, 상상만 해도 입안이 짜서 침이 고인다.)

성인이 되고 나서도 부스러기 맛 기억은 있다. 대학에 입학하고 난 뒤, 첫 학기는 기숙사에서 지내고 두 번째 학기는 학교 앞 고시원에서 지냈다. 지금이야 이런저런 요리를 잘도 해 먹는 베테랑 자취생이지만 당시엔 라면 말고 할 줄 아는 게 없었고, 생활비도 그리 넉넉지 않았다. 그래서 선택한 것이 바로 우유에 말아 먹는 시리얼. 콘푸로스트, 첵스, 코코볼, 아몬드 후레이크 등등 종류별로 사다 먹었다.

매번 시리얼 한 봉지를 먹을 때마다 가장 맛있는 순간은 마지막으로 봉지를 탈탈 털어 우유에 말아 먹을 때였다. 똑같은 시리얼이지만, 그 마지막엔 봉지 제일 아래쪽에 고이 쌓여 있던 부스러기들까지 한꺼번에 말아 먹을 수 있었으니까. 흡사 진국의 시리얼을 먹는 기분이랄까. 특히 초코 맛이 나는 시리얼들은 그 부스러기 덕분에 마치 초코우유에 시리얼을 말아 먹는 것 같았다. 그렇게 시리얼의 엑기스라고 할 수 있는 부스러기들은 늘 마지막에 쏟아졌다.

얼마 전 책을 읽다가 우연히, '브라질 땅콩 효과'라는 걸 알게 됐다. 여러 땅콩을 한데 섞어 흔들면, 상대적으로 크기가 큰 브라질 땅콩은 위로 올라오고 크기가 작은 알갱이들은 아래로 내려가며 분리되는 현상을 빗댄 표현이었다. 어릴 적 흔들던 생 라면 봉지, 스무 살 때 먹었던 시리얼 봉지, 그 가장 아래에 그런 자잘한 부스러기들이 모여 있었던 건 우연이 아니었다.

'브라질 땅콩 효과'는 알갱이가 큰 브라질 땅콩이 더 좋은 것이라거나, 아래쪽으로 흘러 내려간 부스러기들이 더 안 좋은 것이라는 가치 판단을 포함하는 단어는 아니다. 부스러기라는 단어의 어감에서 상대적으로 자질구레하고 쓸모없는 느낌이 들기는 하지만, 적어도 내게 부스러기는 오히려 큰 덩어리들보다 더 각별한 맛으로 기억된다.

사전적 정의로 '브라질 땅콩 효과'는 '알갱이 계'에서 적용되는 개념이지만, 다소 거칠게 빗대자면 사람이 살아가는 일에도 어느 정도 적용할 수 있겠단 생각이 들었다. 한때는 뭐가 뭔지도 모르게 뒤죽박죽이던 날들. 이리 치이고 저리 치이며, 정신없이 흔들리며 살다 보니 내 인생의 브라질 땅콩과 부스러기들이 구분되곤 하는 것처럼.

무심하게 내버려둬도 곁에 남아 있는 것과, 붙잡으려 애써도 끝내 떠나간 것들. 뜨겁게 사랑한 적 없이도 오래도록 그리운 사람과, 한때 생의 전부였다가도 남보다 더 먼 사이가 되어버린 사람. 그런 것들은 당장 명료하게 구분되지 않는다. 시간이 흐른 뒤에 돌이켜보면, 그때가 되어서야 "아…" 하고 깨닫게 되는 거다. 『천 번을 흔들려야 어른이 된다』는 책 제목도 있다. 솔직히 '어른이 된다는 것'이 뭔지, 나이 들수록 잘 모르겠다. 그러니까 어른이라는 것이 되기 위해 일부러 천 번씩이나 흔들릴 필요는 없다고 생각하지만, 어쨌든 이리저리 흔들리며 살다 보면 뭔가 깨닫게 되는 것만은 확실하다.

나는 여태껏 흔들리며 살아오는 동안 브라질 땅콩보다는 부스러기의 맛을 더 살뜰히 챙겨온 기분이 든다. 별것 아닌 것들, 자질구레한 것들, 마지막에 남은 것들. 내가 좋아하는 시집 제목처럼 '그 작고 사소한 것들에 대한 애착'이 지금의 나를 만든 것이 아닐까 하는 생각. 요즘은 크고 탐스러운 브라질 땅콩도 좀 먹어

보고 싶다. 그럴 듯한 직책, 명예, 두둑한 수입, 뭐 그런 것들. 글을 쓰며 야금야금 먹고 있던 과자는 벌써 바닥이 났는데, 습관처럼 부스러기를 손가락으로 꾹 눌러 집어먹고 있다.

기질은 어쩔 수 없는 걸까. 아님, 아직 조금 더 흔들려야 하는 걸까.

"다리가 부러져도 학교는 가라."

지금에 와서 보면 거의 학대에 가까운 이 말이, 불과 10여 년 전만 해도 그런대로 통용되었다. 학생의 본분은 '공부'이고, 공부는 '학교'에서 하는 거니까, 자신의 본분에 최선을 다해야 한다는 의도였을 거다. 한편으로는 꾀병을 부리며 제 할 일을 하지 않으려는 어린 자식에게 극단적으로 강한 처방을 내리기 위한 엄포이기도 했을 것이고. 어느 쪽이든, 부모로서 자식에게 전하고자 하는 메시지는 같았다. 최선을 다하라는 것. 성실하라는 것. 할 수 있는 데까지 쥐어짜내라는 것.

'청년 문제'에 대한 라디오 다큐멘터리 작가로서 다양한 직업에 종사하고 있는 청년들, 대학 교수와 관련 기관장, 해외의 사례까지 취재하며 내가 나름으로 내린 결론은 이제 최선이 미덕이던 시절은 끝났다는 것이다. 성과를 내기 위해 아니, 성과와 무관하게 어쨌든 한 몸 바쳐 제 일을 해내야 한다는 강박은, 이제 더 이상 삶의 보편적 패러다임이 아니다.

심도 깊은 사회학적 이야기를 하려는 것은 아니지만(또 그럴 만한 식견도 없지만), 고속 성장을 이뤘던 한국의 90년대, 그러니까 IMF 사태가 터지기 전까지, 우리 사회의 미덕은 의심의 여지없이 최선, 성실이었다. 그럴 수 있었던 가장 큰 원동력은 거시적으로는 국가 경제 재건에 일조했다는 국민적 자긍심이었고, 미시적으로는 지금의 최선이 미래의 보상을 가져다주리라는 믿음이었다고 생각한다. 그러니, 그 시절에는 최선을 다하지 않을 이유가 없었다. 최선을 다하면 사회에서 인정받고, 적어도 몇 년 내에 집을 살 수 있을 만한 연봉을 벌고, 거기다다 무너져가는 대한민국을 일으키고 있다는 자긍심까지 느낄 수 있었다.

그러다 IMF를 겪고 그 이후 저성장 시대가 시작되면서, 우리나라는 뒤늦은 성찰적 근대화를 겪게 되었다. 더 이상 최선은 내 삶을 보장해주지 못했다. 최선을 다하는 모든 이가 인정받지도 못했고, 연봉이라고 받는 돈은 숨만 쉬고 고스란히 모아도 10년은 더 지나야 사람 살 만한 집을 겨우 살 정도였다. 더 이상 나의 최선이 국가 부흥에 큰 기여를 하는지 체감할 수 없었고, 심지어 이제는 내가 왜 국가를 위해야 하는지도 모를 지경이 되었다. 국가가 나한테 해준 게 뭔데? 빚과 절망, 실망, 부정부패와, 거짓, 비열…. 뭐 그런 염세주의까지 더해지면서 근대화를 이루던 최선에 대한 믿음이 무너지고, 어떻게 살아야 할지에 대해 처음부터 고민해야 했다.

하지만 그러기에 우리의 생계는 여유롭지 못했다. "잠깐만,

나 지금 생각 좀 해볼게. 몇 주만, 아니, 며칠만." 그런 말도 할 수 없었다. 당장 몇 분 뒤의 일을 해내지 못하면 생계를 유지하는 데 빨간불이 켜질 이들이 사회의 대다수였다. 달리 비빌 언덕도 없으니 그들은 그저 해왔던 대로, 최선을 다할 수밖에 없었다. 성찰적 근대화는 그렇게 성찰 없이 의구심만 가득한 채로 막을 내렸다. '이렇게 사는 게 맞는 걸까?'

그런 이유로 현 시대를 살아가는 우리는 인생의 어느 지점에 이르러 멈춰 설 수밖에 없는 숙명을 지니고 있다. '어떻게 살아야 하는 걸까?'라는 답도 없는 근본적 질문을, 실컷 다 살아놓고, 최선을 다해놓고 나서야 하게 되는 거다. 그러면서 만족스러우면 다행인데, 뭔가 서럽고 만족스럽지 못했을 때, 우리는 배신감을 느낀다. 나는 최선을 다해서 살아왔는데, 왜 결과는 최선이 아닌가에 대해서. 스스로를 탓하고, 세상을 원망한다.

그렇게 지금에 이르렀다. 당신도, 나도. 제 나름은 최선을 다해 살아왔을 것이다. 그 덕분에 어떤 위치에서, 얼마만큼의 돈을 벌고, 어떤 삶을 누리고 있는 것이다. 만약 당신도 문득 멈춰 서게 되는 날이 온다면, 그래서 스스로에게 '이렇게 사는 게 맞는 걸까?'라는 질문을 던지게 되는 순간이 온다면 우리 함께 축하하자. 이제 새로운 인생이 시작될 참이니까.

삶이라는 게 매 순간 꼼꼼히 들여다보며 확인하고 쌓이는 게 아니다. 그저 살다 보면 저는 저대로 차곡차곡 쌓이고 나는 나대로 최선을 다해 살아오는 식이라서, 문득 뒤돌아보면 내 삶인데도 낯설 때가 있다. 말을 타고 광야를 달리던 인디언이 문득 멈춰 서서 너무 빨리 달리는 탓에 혹시 제 영혼이 길을 잃을까 봐 기다린다는 이야기처럼, 우리도 그렇게 멈춰 서는 날들이 필요한 법이다. 그런 이유로 이 시대의 미덕은 이제 최선이 아니라, 멈춤일지도 모른다. 왜 살아야 하는지 묻지 않고 살아가는 삶을, 그 최선을 맹신하지 말고, 이제 멈춰 서 물어야 할 때다.

뭔가 있었는데, 내가 잊은 뭔가가, 하면서 자꾸 물어야 한다.

말을 타고 광야를 달리던 인디언이 문득 멈춰 서서 너무 빨리 달리는 탓

에 혹시 제 영혼이 길을 잃을까 봐 기다린다는 이야기처럼, 우리도 그렇

게 멈춰 서는 날들이 필요한 법이다. 그런 이유로 이 시대의 미덕은 이제

최선이 아니라, 멈춤일지도 모른다.

컵을 모르는 아주 어린 아이가 컵을 가리키며 "이거 뭐야?"라고 물으면 "이건 컵이야"라고 대답해줄 수 있다. 그런데 그 아이가 순진무구한 얼굴로 "컵이 뭐야?"라고 묻는다면? "물 같은 걸 담아서 마시는 거야" 정도로 설명해주면 당장 납득이야 하겠지만, 그 설명은 정말 '컵'일까? 물 같은 걸 담아서 마시기만 하면 모두 컵일까?

실제로 국어사전에도 컵의 첫 번째 정의는 '물이나 음료 따위를 따라 마시려고 만든 그릇'이라고 되어 있다. 그나마 한자어인 '잔(盞)'은 '차나 커피 따위의 음료를 따라 마시는 데 쓰는 작은 그릇. 손잡이와 받침이 있다'는 식으로, 조금 더 디테일하긴 하다. 하지만 컵이라는 게 그렇게 실용적인 측면으로만 존재하는 것일까. 깨진 컵은 컵이라 부를 수 없는 걸까.

우리가 컵이 무엇인지에 대해 진지하게 고민할 때, 세상 모든 컵들의 불행은 조금 줄어든다. 물론 여기서 컵은 이름에 대한 사소한 은유다. 우리는 자라면서 언어를 배우고, 이름을 붙인다. 언어란 곧 이름이다. 이미 존재했던 것들을 언어로 규정

할 때, 모든 언어는 세상에 대한 이름일 수밖에 없으니까. 우리 외부 세계뿐만 아니라 우리의 감정, 기억, 존재 자체도 모두 저마다의 이름을 지니고 있다. 기능적 측면에서만 보자면, 이름 붙이기만으로도 이미 세상은 한결 정돈된 셈이다.

그러나 역으로, 그 이름에 대해 다시 의문스러워 할 때 우리는 조금 혼란스럽다. 그 의문은 본질에 대해 생각하게끔 만들기 때문이다. 컵이란 건 대체 뭔가. 완성된 컵이 되기 바로 직전까지 컵은 컵이 아니었나. 언제부터 컵이 되었는가. 깨진 컵은 더 이상 컵이 아닌가. 깨진 컵은 깨진 컵으로만 불려야 하는가. 내가 손바닥을 모아 물을 떠 마실 때, 내 손은 잠시 컵이 되는 것인가.

이제 컵 이야기가 식상하다면 컵 대신에 우리가 소중히 여기는 것들을 넣어보자. "나는 너를 사랑해"라고 말한다. 너에 대한 내 감정의 이름은 '사랑'이다. 역으로 묻는다. '사랑'은 무엇인가. 사랑한다고 말하기 직전까지 그 감정은 사랑이 아니었나. 실패한 사랑은 더 이상 사랑이 아닌가. 컵보다는 조금 더 신중해질 것이다.

김춘수 시인의 유명한 시의 한 구절인 '내가 그의 이름을 불러주었을 때/그는 나에게로 와서 꽃이 되었다'를 다시 읽는다. 존재론적 관점에서 나는 한 번 더 질문해야 한다고 생각한다. 그렇다면 꽃은 무엇인가.

그러나 이런 의문은 아마도 온전히 해결되기 어려울 것 같다. 우리는 모든 의문에 대해 결국, 다시 언어로 대답할 수밖에 없기 때문에. 이름에 대한 이름에 대한 이름들. 사랑이 무엇인지 아직도 모르겠다. 사람이 무엇인지도. 그저, 모르기 때문에 아름다운 것들이 있는 법이라고 여겨볼 뿐이다. 이름 너머에 있는 무엇인가를 잊지 않아야겠다고.

'혼자'일 수 있다면*

막 초등학교에 입학하기 전까지 아침마다 「혼자서도 잘해요」라는 어린이 프로그램을 애청했다. '삐약이'의 하이 톤 목소리는 잠이 덜 깬 상태에서도 귀에 쏙쏙 박혔다. 보통의 유아를 대상으로 하는 노래들이 그렇듯, 「혼자서도 잘해요」의 주제곡도 입에 착착 붙었다. 어찌나 착착 붙었는지, 도입부는 아직까지도 무의식중 흥얼거릴 때가 있다.

"거야, 거야, 잘할 거야. 혼자서도 잘할 거야."

식사, 배변, 세면, 옷 갈아입기, 심부름 등등, 더 이상 부모에게 응석 부리지 않고 스스로 할 줄 알아야 한다는, 그런 의도의 노래였겠지만 당시 겨우 6, 7살이었던 내가 그런 뜻을 헤아릴 수 있었겠는가. 그저, '뭐든 혼자서 할 줄 아는 것이 멋진 것'이라는 막연한 환상을 갖게 되었을 뿐이었다.

그래서 응당 부모에게 도움을 청해야 할 일들도 혼자 해내려다 일을 내고야 마는 경우도 많았다. 차가운 물에 면과 스프를 부어 넣고 10분 넘게 기다리면서 '왜 라면 봉투엔 5분이라고 적혀 있는데, 아직도 라면은 완성되지 않은 것인가?' 답답해하기

(10살 때), 색종이를 별모양으로 자르려다가 손가락을 깊게 베이기(8살 때, 심지어 부엌 가위였다), TV에서 오징어 먹물도 먹을 수 있다고 하기에, 집에 있던 서예용 먹물을 마셔보기(9살 때).

천방지축, 좌충우돌, 하지만 그런 시행착오를 겪으면서도 기어코 '혼자서도 잘하고 싶었던' 바로 그 마음이 내가 어엿한 한 사람으로 자라는 데 크게 기여했을 것이다. 더 자라서 학교에 가서는 이른바 '사회화'라는 것을 위해 함께하는 일의 의미를 배우기도 했으나, 그 순서를 되새겨보면 역시 '혼자 할 줄 알고 나서야, 함께할 수 있는 것'이라는 생각이 든다. 우선 내가 홀로 설 수 있어야, 쓰러지는 것들을 떠받치기도 하고 때때로 쓰러졌다가도 일어설 줄 아는 법이니까.

그런데 얼마 전부터는 혼자서도 잘하는 일을 특이한 것처럼 말하는 여론이 이어져왔다. '혼밥', '혼술', '혼영'. 사실 지금은 그리 낯설지 않은 단어지만, 이런 신조어가 생긴다는 사실 자체가 '혼자서도 잘하는 일'에 대한 이질감을 드러낸다.

그런데 이 혼족들을 칭하는 구체적 행위들을 살펴보면, 아이러니한 점을 발견할 수 있다. 그들의 행위는 대부분 내가 어릴 적 애청했던 「혼자서도 잘해요」에서 '혼자서 할 줄 알아야 한다고 권장하고 교육하던 것들'이라는 점이다. 혼자서 무언가를 먹고, 혼자서 어딘가를 돌아다니는 것. 이런 거, 부모한테 응석 부리지 말라고 그렇게 「혼자서도 잘해요」 같은 어린이 프로그램 만든 거 아닌가. 그렇게 혼자서도 잘해야 한다고 할 땐 언제고, 다 커서 혼자 밥 먹고, 혼자 술 마시고, 혼자 여행하고, 혼자 영화 보고 하려니까 이상하게 쳐다보는 건 뭐냐고 정말.

사람마다 성격이나 자라온 환경이 달라서, '혼자'보다 '같이'가 편한 사람들도 있다. 그 사람들을 이상하게 생각하진 않는다. 나한테 그런 사람들을 이상하게 생각하고 판단할 자격도 없고. 다만, 혼자서 뭘 잘 하는 사람들 또한 이상하게 볼 이유가 전혀 없다. 나 같은 경우는 '장남 콤플렉스'를 겪으며 자란데다가, 시간과 일정을 혼자 콘트롤하는 것을 선호하는 편이다.

혼술을 할 일은 거의 없지만 한다 해도 별 상관은 없을 것 같다. 혼밥은 늘 해오던 것이고, 아름이가 있지만 가끔은 혼자서 영화관이나 미술관 가는 걸 좋아한다. 한 달 동안 혼자서 무전여행을 했었지만, 외롭다거나 불편한 것은 별로 없었다. 그래서 혼족이라는 신조어가 생겼을 때 약간 당황스러웠다. 내가 뭐 어때서, 나만 별종이야? 나한테 좀 문제 있는 건가?

따지고 보면 '혼자'도 습관이라는 생각을 한다. 오랜 연애의 결실(?)로 요즘은 일주일에 7일은 아름이와 거의 모든 사생활을 공유하며 지낸다. 그러다 가끔 일이 있어 혼자 밥을 먹거나, 늘 같이 가던 서점에 혼자 가거나, 늘 같이 걷던 거리를 혼자 걸으면 이상하게 헛헛한 거다. 내 나이 서른. 그 중 10년을 한 여자와 연애했으니, 인생 3분의 1 정도면 혼자가 편하던 성향도 바뀔 만한 건가? 아니, 사실은 성향이 아니라 늘 혼자 해오던 그 습관이, 이제 늘 함께하는 일상의 습관으로 바뀌어버린 건가? 때문에 요즘의 나는 종종 낯선 외로움을 느낀다.

그리고 그런 낯선 외로움은, 종종 낯선 두려움이 되기도 한다. 더 이상 혼자서 잘할 수 없을 것만 같다는 두려움. 사랑하던 사람이 떠나면 어떡하지,라는 두려움. 사랑하는 사람이 있다면 당연히 느낄 법한 감정일 수도 있지만, 그 정도가 심해진다면 이거야말로 '집착'이 되어버리는 거니까. 그래서 사람과 사람 사이, '혼자'와 '같이'의 사이, 그 사이 어딘가에서 다시 적당한 지점을 찾아야겠다는 생각이 들었다.

예전엔 허풍으로라도, "내가 다 해줄게, 내가 다 해낼게, 내 곁에만 있으면 돼"라는 말만 했는데, 요즘은 일부러 "같이 할 수도 있지만, 이건 네가 혼자해보는 게 더 좋을 것 같다"라든가, "서로가 없는 시간에도 혼자 충분히 즐기고 채울 수 있는 사람이 되면 좋을 것 같다. 하고 싶은 게 있다면 뭐든 해봐"라는 말을 많이 하는 편이다. 이 말은 아름이에게 하는 말이지만 '혼자'가 두려워지려는 나 자신에게 하는 말이기도 했다.

가을께부터 꾸준히 듣는 노래 중 이소라의 「바람이 분다」가 있다. 원곡도 좋지만, 한동근과 최효인이 함께 부른 버전도 굉장히 좋다. 그 노래의 가사 중에 '사랑은 비극이어라/그대는 내가 아니다/추억은 다르게 적힌다'라는 부분이 있다. 요즘은 이 가사가 좀 다르게 읽힌다. 노래 속 상황처럼 이별 후라면

'그대는 내가 아닌 것'이 비극이겠지만, 연애든 결혼이든 아직 헤어지지 않았다면, 그것은 비극이나 희극이 아니라 지극히 당연한 사실이자 하루빨리 받아들여야 할 사실이라고. 우리는 아무리 사랑해도, 늑골이 으스러질 것처럼 껴안아도 결코 서로가 될 수 없다. 그것을 인정하고, 서로의 '혼자 됨'을 존중할 때 비로소 아무도 다치지 않고 '같이' 있을 수 있다.

혼족들이여! '사회성 부족', '아웃사이더', 심지어는 '찐따' 같은, 그대들을 폄훼하는 말들에 부질없이 에너지를 쏟지 말지어다. 온전히 혼자일 수 있는 사람이야말로, 다정히 같이 있을 수 있는 법이니까!

얼마 전 브런치에서 『무례한 사람에게 웃으며 대처하는 법』의 저자 정문정 작가가 쓴 '가짜 어른에 속지 않는 법'이라는 글을 읽었다. 구구절절 명료하고 재미있는 글이었는데, 특히 이 문장이 좋았다.

'말과 행동이 달라 헷갈릴 때는 행동만 보는 것이다. 사람들은 말과 행동이 다를 경우, 자꾸 말을 믿으려 하지만 말은 그 사람이 아니고 행동이 그 사람이다.'

내가 어른이라고 믿었지만 실은 어른이 아니었던 사람들이 떠올랐다. 온화한 표정과 그럴싸한 말을 믿은 탓에 그들의 구차하고 비겁한, 어른답지 못한 행동들을 보지 못했던 지난날들이. 정문정 작가의 문장처럼 행동을 기준으로 다시 되짚어보니 내가 생각했던 것보다 더 어른스러운, 존경할 만한 사람들도 새삼 드러났다.

내 나이 서른. 아직도 나는 내가 어리고, 어리석은 것만 같다. 오히려 고등학생 때 '내 나이가 벌써 열아홉인데…'하는 생각을 하며 어른이 다 된 것처럼 행동했다. 돌이켜보면 민망하고 부끄러운 짓이었다. 이제는 누가 내게 조언을 구하는 게 부담스럽다. 일단 내가 아는 게 너무 없고, 무언가 안다고 해서 함부로 조언을 건네는 것도 같잖은 짓 같아서. 절대로 어디가서 '내 나이가 서른인데…' 하며 어른 대접 받으려는 같잖은 짓은 못하겠다.

어른 대접이라는 거, 누군가 날 어른으로 봐준다는 거. 문자 그대로 그건 내가 결정하거나 요구할 수 있는 일이 아니다. 나이를 내세우고, 직책을 내세우며 누군가에게 "날 어른 대접해달라. 난 이만큼 어른이다. 난 이제 다 컸다." 외치는 것만큼 어리고 어리석은 짓이 또 없다. 어른답게 행동하면, 주위에서 어른 대접을 해준다. 말주변이 없어 그럴싸한 말을 못해도 상관없다. 정문정 작가의 글처럼, 말은 그 사람이 아니고 행동이 그 사람이니까.

한때 '꼰대'라는 말이 유행처럼 번졌다. 일부 기성세대를 비하하는 단어인 꼰대라는 말에는 '나이는 먹을 만큼 먹었으나 어른답지 못한 사람'이라는 함의가 있었다. 그러다 요즘엔 '젊은 꼰대'가 범람하면서 그 함의에도 변화가 생겼다. 나이는 별 상관이 없어진 셈이다.

젊은 꼰대의 특징 중 하나는 자꾸 제 입으로 어른 대접을 바란다는 것이다. 책임감은 없으면서 남 탓에는 능하고, 행동은 개차반이면서 말은 번지르르하다. 실질적으로 필요한 정보에는 게으르고 주변의 조언은 아니꼽게 듣는다. 그러면서 '실전'이라는 허울을 맹신하며 주먹구구식으로 일을 처리한다. 최소한의 원리원칙이나 도의적인 수준도 없이 '융통성'이라는 만능 도구로 불법, 부도덕, 몰상식을 일삼는다.

현실적으로 최선이나 최상이 힘들면, '최소한'을 확보하는 것도 좋은 타협점이다. 그런 의미에서 때때로 훌륭한 어른보다 젊은 꼰대가 반면교사로는 더 적절하다. 최소한 저렇게는 하지 말아야지, 다짐하게 되니까.

누구의 어른인가. 이 문장을 되새겨야겠다. 나는 나만의 어른인가, 타인들의 어른인가. 아직 익지도 않은 사과가 아무리 몸집을 키워봤자 실속 없이 빨리 떨어지는 낙과로 썩을 뿐이다. 겉멋만 잔뜩 들어 나이나 직책을 앞세워 스스로를 아무리 어른이라고 불러본들, 그렇게 젊은 꼰대가 되어갈 뿐인 것처럼. 누군가가 먼저 붉고도 윤이 나는 때깔을 알아보고 잘 익었다고 불러줄 때까지, 사과는 사과의 시간에 최선을 다하면 된다. 누군가가 어른이라고 불러줄 때까지, 묵묵히 자신의 시간에 최선을 다하면 되는 것처럼.

아무도 시키지 않는 일을 하자*

중학교 1학년 때 내 청소 구역은 2층 계단이었다. 청소 첫날, 깐깐하고 히스테릭한 성격의 40대 담임선생님은 각 구역을 돌며 학생들에게 '제대로 청소하는 방법'을 지도했다. 이제 막 초등학교를 졸업한 아이들, 대부분은 집에서 자기 방조차도 제 손으로 치워보지 않았을 아이들에게 무턱대고 청소를 맡기기에 불안하셨겠지. 담임선생님의 청소 매뉴얼은 효율적이고 확실했다. (후에 알게 된 사실이지만, 그것은 흡사 군대식 청소 매뉴얼이었다.) 그 시절의 나는 정해진 규칙을 꽤 잘 지키는 아이였다. 선생님이 알려주신 대로 계단 청소를 했고, 불과 몇 주 만에 나는 계단 청소의 달인이 되어 있었다. 복도를 지나가며 내가 청소하는 모습을 흡족한 표정으로 바라보시던 선생님의 그 표정이란.

그러던 어느 날, 여느 때처럼 청소하던 나는 계단 난간 손잡이에 붙은 거뭇한 껌 자국을 발견했다. 당시 선생님이 알려주신 청소 매뉴얼에 계단 난간은 없었기 때문에 한 번도 따로 청소를 한 적이 없었다. 청결한 계단 사수의 사명감으로, 나는 쇠자와 커터 칼로 껌 자국 긁어냈다. 나무 위에 페인트칠을 한

계단 난간이었는데, 당연히 껍과 함께 페인트칠도 조금 벗겨졌다. 그리고 여느 때처럼 청소 시찰을 돌던 선생님이 그 장면을 보자마자 나에게 외쳤던 말. "왜 시키지도 않은 걸 해가지고 멀쩡한 난간을 파먹고 난리야!"

시키는 대로, 시킨 일만 할 것. 시키지 않은 일을 혼자 결정해서 행하지 말 것. 바로 이것이 주입식 교육의 핵심이다. 내가 중학생 때 겪었던 사소한 일화는, 오히려 너무 사소해서 당시의 학교가 얼마나 경직되어 있었는지를 보여준다. 하지만 역시, 대한민국 대부분의 남성들에게 주입식 교육이 완성되는 곳은 바로 군대일 것이다.

상명하복을 전제로 하고, 선임으로부터 이어져온 관행을 구체적 매뉴얼로 삼는 군대라는 조직은 창의성은 고사하고 어떤 변화 자체를 꺼리는 경향이 있다. 더 효율적인 방법이 분명히 있는데도 일단은 여태 해왔던 방식을 고수하려 한다. 그러다보니 막 전입 온 신병이 사회에서는 아무리 뛰어난 인재였다 하더라도 군대식 매뉴얼을 몸에 익히는 데 시간이 걸릴 수밖에 없고, 그러는 동안에 스스로가 마치 바보가 되어버린 듯한 자괴감을 느끼게 되는 것이다. 내가 생각하고 판단해서 행동하기 전에, 선임의 지시나 늘 해오던 관행을 먼저 따라야 한다. 그야말로 대대로 주입되어온 행동 양식을 그대로 따라야만 하는 거다.

중·고등학교와 군대를 거치며 주입식 교육에 찌들고 나면,

자유로운 선택과 기회의 장이 열려도 수동적인 인간이 되기 십상이다. 당장 대학교 강의실만 봐도 그렇다. 강의 내내 열변을 토하느라 입이 말라가는 교수와 달리, 학생들은 질문 한 번 하는 모습을 보기가 어렵다. 왜? 질문하라고 시키지 않았으니까. 하지만 학생 한 명을 콕 집어 지목하면, 아무 생각 없다가도 무슨 질문이든 만들어낸다. 왜? 질문하라고 시켰으니까. 시킨 일은 해내야 하니까.

그렇게 시킨 일만 하며 살다 보니까, 자연스레 암묵적으로 이 사회가 강요하는 삶의 경로를 따라야 할 것만 같다. 대학을 졸업하면 취업을 하고, 결혼을 하고, 아기를 낳고 등등. 그러다 문득, '그 경로를 벗어나는 건 어떨까?' 하는 생각이 들면, 막 긴장되고 불안하고 그렇다. 사회 부적응자가 된 것만 같고, 시킨 것만 잘 하면 아무 탈 없는데 괜히 시키지도 않은 일을 벌이는 것만 같고. 그런데 사실, 우리는 모두 '시키지 않은 일을 할 줄 아는' 존재가 되어야만 한다.

그렇다고 무슨 제도나 관습을 모조리 타파하고 거부하며 유아독존해야 한다는 게 아니다. 우리는 우리 삶에서 스스로 결정하고, 판단하고, 책임지는 존재가 될 필요가 있다는 얘기다. 원래 그게 자연스러운 거니까. 누가 시키지 않았어도, 우리는 뭐든 할 수 있어야 한다. 그건 '하고 싶은 일'일 수도 있고, '해야 하는 일'일 수도 있다. 심지어는 '굳이 할 필요가 없는 일'이거나 '인생을 허비하는 것만 같은 일'이더라도, 그래서 모두가 하지 말라고 만류하더라도, 당신이 하기로 결정했으면 할 수 있어야 한다. 그 책임도 결국 당신이 지면 될 일이다.

어떤 사람들은 "그냥 시키는 대로, 순리대로 살면 될 텐데 뭣하러 고생을 사서 하냐"며 타박할 수도 있겠다. 그러니까 순리를 역행한다는 타박인 셈인데, 따지고 보면 우리는 늘 그렇게 역행하고 저항하며 살고 있다. 태어난 모든 존재는 결국 죽음에 이르는 것이 삶의 순리인데, 그렇게 따지면 당장 죽는 것이 가장 순리에 맞는 셈이다. 하지만 우리는 매일 죽어가면서, 매일 더 잘 살아보려고 노력한다. 이 얼마나 완벽한 역행인가.

우리의 일상도 매 순간이 역행의 연속이다. 아래로 짓누르는 중력에 저항하고, 그 반대 방향으로 역행하는 덕분에 두 발로 서고, 걷고, 뛰는 것 아닌가. 비행을 꿈꾸며 아무 대책 없이 허공에 몸을 날리는 무모함만이 중력에 저항하는 일은 아니다. 나는 지금, 그저 조금 더 무거운 배낭을 메고, 조금 더 가파른 길을 걷는 중일 뿐이다. 아무도 시키지 않은 일이다. 하지만 그 덕분에 나는, 내가 스스로에게 시키는 일을 할 수 있게 되었다. 진짜 내가 원하는 그런 일을.

우리의 일상도 매 순간이 역행의 연속이다.

나는 지금, 그저 조금 더 무거운 배낭을 메고, 조금 더 가파른 길

을 걷는 중일 뿐이다. 아무도 시키지 않은 일이다. 하지만 그 덕

분에 나는, 내가 스스로에게 시키는 일을 할 수 있게 되었다. 진

짜 내가 원하는 그런 일을.

　내가 중학교를 졸업할 즈음, 아니 어쩌면 고등학교를 졸업할 때까지도 이 사회에 유행처럼 번졌던 질문 중 하나는 '너는 좌우명이 무엇이냐'였다. 드라마, 예능에서 심심찮게 등장했고(대체 왜?) 대입 면접이나 취업 면접에서도 단골 질문이었다. (그러니까 대체 왜?) 조금 배운 티를 내고 싶은 사람들은 저마다 좌우명 따위를(조금 더 유식해 보이고 싶으면 '좌우명' 대신 '삶의 모토' 같은 단어를 쓰기도 했다.) 묻곤 했다. 사실 그런 질문의 이면엔 자신에게도 좌우명이 무엇인지 물어주길 바라는 얄팍하고 유치한 수작이 깔려 있었고, 그들은 자신의 좌우명을 자랑스럽게 말할 준비가 되어 있었다.

　나는 그런 질문에 고민 없이 그럴 듯한 좌우명을 말하는 사람들을 볼 때마다 놀랍고 부럽고, 한편 의아했다. 저 사람들은 저런 질문을 대비해두고 사는 걸까? 정말 자기 삶의 기준을 저렇게 적확한 문장으로 정리하는 것이 쉬운 일인가? 나는 왜 '개나 소나 있는' 좌우명 따위 정하지 못했을까? '좌우명 없는 인간' 이렇게 불러보면, 어쩐지 한심해 보이는 것 같았다.

그 시절 내게 좌우명이란 어쩐지 한 번 정하면 쉽게 바뀔 수 없는 아주 무거운 선언처럼 느껴졌다. 단순한 말의 선언을 넘어 '나는 어떤 인간이 되어야만 한다'라는, 신념이라고까지 생각되었다. 이를테면 사상적 문신이랄까. 몸에 새기는 문신도 쉽게 지울 수 없는데 사상에 새기는 문신은 더할 것이 분명했다.

아, 여기서 한 가지 오해하지 말아야 할 것은 내가 문신 자체를 나쁘게 본다거나, 두려워하는 것은 아니다. 오히려 나는 언젠가 문신을 하겠다는 다짐을 하는 편이다. 마음에 쏙 드는 문신을 정하지 못했을 뿐. 그런 점에서 그 시절의 나도 마음에 쏙 드는 좌우명을 정하기가 어려웠다. 고작 한두 문장으로 내 인생을 결정지어야만 하는 것 같아서. 그렇게 어영부영, '개나 소나 있는' 좌우명 하나 없이 나이만 먹었다.

'문학을 하겠어. 그 중에서도 시를!' 외치던 소년이 '글로 밥 벌어먹을 수만 있다면야' 하는 서른이 되는 동안 나도 많이 변했다. 그 변화를 누군가는 융통성, 노련미, 어른스러움이라고 하고 또 다른 누군가는 타협, 체념, 소시민적 합리화라고 한다. 어느 쪽이든 부정하고 싶은 생각은 없다. 왜냐하면 서른에 이르러 내게도 아주 조금 좌우명을 닮은 어떤 문장이 생겼기 때문이다. 그건 바로 '거창해지지 말자'다.

실로 '거창해지는 일'만큼 거추장스러운 것은 없다는 것이 요즘의 내 생각이다. '거창하지 말자'가 아니라 '거창해지지 말자'인 한 끗 차이를 주의해주길 바란다. 그러니까 구태여 어떤 태도를 취하려고 하지 말자는 의미다. 소중한 것은 소중하게, 흘려보내도 될 것은 흘려보내자는 거다.

에세이나 시를 쓸 때에도 마찬가지다. 예전엔 손바닥만 한 소재에 인생이나 우주를 담아내는 것이 진짜 시인의 능력이라고 믿었다. 그래서 나는 과하게 거창하고 과하게 슬펐다. 사실 사소한 것에는 그 나름의 사소한 의미가 있는 법인데. 사소한 의미는 사소한 단어와 시상만으로 충분히 표현할 수 있다. 때로 지나친 거창함은 억지스러울 뿐이다. 「리틀 포레스트」 같은 영화에서 갑자기 삼라만상의 진리라든가 양자역학의 논리를 얘기할 필요는 없다. 물이 흐르고, 열매가 익고, 계절이 바뀌고, 요리를 하는 것만으로도 「리틀 포레스트」는 충분히 좋은 영화다.

거창해지지 말자,라는 좌우명(혹은 그 비슷한 것)은 사랑에도 참 좋다. 사랑은 거창해지려 한다고 거창해지는 것이 아니다. 누굴 위해 목숨을 던진다고 사랑이 완성되는 것도 아니다. 가능한 사소하게, 일상의 구석구석을 알뜰히 챙기고 서로의 눈빛을 읽는 일. 잡은 손의 온도를 가늠하고 사소한 위로를 건네는 일. 언젠간 허무하게 죽겠지만 사는 동안 담담히 곁에 있는 일. 겨우 그런 것들이 사랑의 실체다. 거창한 사랑을 쫓다가 소중한 사람을 잃는 일을 나는 많이 듣고 봐왔다.

무엇보다 좋은 건 거창해지지 말자,라는 좌우명 덕분에 언제 좌우명이 또 바뀌어도 이상할 것이 없다는 점이다. 어차피 거창하지도 않은 좌우명이었는데 뭐 어때. 사람이 뭘 어떻게 해보려 하지 않아도, 가벼운 것은 가볍고 무거운 것은 무겁게 삶에 내려앉는다. 소나기 빗줄기에 맞아 죽는 시늉을 할 필요는 없다. 언젠가 해일이 범람하고 산사태가 일어나면 자연스럽게 죽음이 펼쳐질 테니까. 거창해지려 하지 않아도 거창한 일은 생기고야 마는 것이다.

그럼에도 불구하고, 가랑비에도 심장에 구멍이 뚫릴 만큼 연약해지는 것이 사람이라 누군가는 문학을 한다. 요즘 내 존재는 문학을 하기엔 꽤 단단해져버렸다. 내가 납득할 수 있을 만큼만 글을 쓴다. 웬만한 아픔에는 괜찮다고 말하며 지낸다. 그러지 않고서는 평정심을 유지하기가 어렵다. 언젠가 내가 뱉은 괜찮다는 말들이 쌓여 나를 짓누르는 날이 오지 않을까, 걱정도 되지만 우선 지금은 괜찮다. 거창해지지 않는 것이 최선의 처세술인, 그런 작가로 지내고 있다.

대학에 입학한 첫 학기에, 나는 운 좋게도 기숙사에서 지낼 수 있었다. 당시만 해도 우중충한 외관의 3층짜리 기숙사 두 동이 전부였기 때문에 본가가 타지라 하더라도 기숙사에 들어가기는 쉽지 않았다. 신입생 시절엔 몰랐지만, 그곳은 내가 복무했던 부대의 생활관보다도 열악했다. 4인 1실의 방은 아무리 넓게 잡아도 5평이 될까 말까였다. 방문을 열면 한 사람이 지나갈 수 있을 만큼의 폭을 남겨두고 2층 목조침대가 좌우 벽 쪽으로 붙어 있었고(그 침대의 제조일자는 1982년으로, 나보다도 한참 선배였다), 그나마도 책상은 두 개뿐이었다. 나머지 두 명은 공부 대신 잠이나 자라는 건지 뭔지.

책상이 없어 침대에서 잠이나 자야 했던 둘 중 하나가 나였다. 내 자리는 왼쪽 침대의 2층이었는데 오를 때마다 삐걱거리는 사다리가 부러질까 두려웠다. 하긴, 위층이 내려 앉으면 어쩌나 하는 아래층 침대의 두려움에 비하면 나은 편이었다. 천장을 가까이 두고 누웠을 때의 기분도 나쁘지 않았다. 그곳에서 나는 무라카미 하루키의 『상실의 시대』와 『해변의 카프

카』를 읽었다. 읽을 때마다, 내가 지내는 기숙사의 정경이 꼭 상실의 시대에서 '돌격대'와 함께 지내는 와타나베의 기숙사와 닮은 것 같았다. 심지어 나는 2008년, 소설 속 와타나베는 1969년을 살고 있었는데도.

4.5 만점에 4.2 정도의 나쁘지 않은 성적으로 첫 학기를 마무리하고 장학금을 받았는데도, 어째서인지 2학기 기숙사 신청은 거절당했다. 부모님께 당장 몇 백이나 되는 보증금을 말할 자신이 없어서, 다달이 25만 원 월세만 내면 되는 고시텔에서 지내게 되었다. 1평이 채 되지 않는, '좁은 방'이라기보다는 '넓은 관'이라 부르는 편이 더 적확한 공간.

기숙사 때와 마찬가지로 주방과 샤워실, 화장실 모두 공용이었지만 부지런한 이모님 덕에 비교적 청결했다. 그 와중에도 4인 1실이 아니라 혼자만의 공간이라는 점을 즐거워하면서, 오히려 기숙사에 비하면 최악은 아니라는 생각으로 저녁이면 창밖으로 지는 노을을 보며 책을 읽었다. 돌이켜 보면 청승맞은 성격에 비해 적응이 빠르고 긍정적이었던 것 같다.

그럼에도 고시텔 시절을 마냥 좋은 추억이라고만 할 수는 없다. 새벽 2시까지 애인과 스피커폰으로 통화를 하던 604호라든가, 냉장고에서 남의 반찬을 야금야금 털어먹는 거렁뱅이 같은 놈들, 샤워하던 여자를 폰으로 몰래 찍다 걸려 무릎 꿇고 빌어대는 병신 몰카범 따위도 고역이었지만 결정적인 순간은 따로 있었다. 공용 주방 한구석에 있는 통돌이 세탁기에서 탈

수가 끝난 수건과 속옷들을 꺼내다가 팬티에서 엄지만 한 바퀴벌레 사체가 툭 떨어졌을 때. 그 순간 나는 분노보다 절망을 더 크게 느꼈다. 갑자기 내 생활 전체가 가엾고 누추해진 기분에 쌍욕보다 눈물이 먼저 터져 나올 뻔했다. 빨래를 내다버리고, 이모님에게 자초지종을 토로했지만 기분은 나아지지 않았다. 어쨌든 나는 그곳에서 더 살아야 했고, 사는 동안은 빨래를 해야 했으니까.

그러고도 고시텔에서 몇 년을 더 살다가, 졸업 즈음 남천동의 원룸으로 이사를 가게 되었다. 남서향의 방은 딱 부족하지 않을 만큼의 채광이 들었고, 비교적 신축이라 깔끔했다. 정확한 평수는 모르겠지만 적어도 기숙사의 4인 1실보다는 넓었고, 내 침대는 고시원의 방 크기만 했다. 공용인 것은 하나도 없이 오롯이 나 개인의 용도로만 존재했다. 중문 있고 주방 분리, 수압 좋고 냉난방 이상 없었다. 더할 나위 없다고 생각했다. 여름이 되기 전까진.

만약 한낱 미물에게도 나름의 의식이나 종교가 있다면 나의 원룸은 아마도 모기들의 성지, 모기들의 메카임이 분명했다. 창문을 닫아도 어디서 나타나는 건지 새벽마다 잠에서 깨면 최소 7마리, 많게는 20마리 가까이나 되는 모기들이 내 손에 순교당해야 했다. 비몽사몽간에 모기들이 머금고 있던 내 피를 내 손으로 터뜨리는 일은 내게도 당연히 즐겁지 않았다.

하지만 어쨌거나 나는 모기와 공생할 수 없는 존재이고, 둘 중 하나가 죽어야 한다면 안타깝게도 그건 모기일 수밖에. 그럼에도 불구하고 고시원 통돌이 세탁기에서 내 팬티와 뒹굴던 바퀴벌레를 생각하면, 모기 따위 몇 백 마리여도 감수할 수 있었다. 역시 최악은 아니지 않는가, 하는 생각으로 독한 살충제 냄새를 맡으며 다시 잠에 들었다.

그리고 이제 또다시 이사를 앞두고 있다. 아마 조만간 아름이와 나는 우리의 신혼집이 될 아파트로 이사할 예정이다. 유명한 브랜드 아파트도 아니고 대출 낀 전세로 들어가지만, 34평 신축에 위치도 좋다. 어마어마한 대출금은 십수 년에 걸쳐 갚아야 하겠지만, 달리 생각해보면 누가 우릴 믿고 이렇게 어마어마한 돈을 빌려주겠나 싶어 감사하다. 무엇보다 아름이와 함께라면 괜찮다. 아름이도 나와 같아서 더욱 괜찮다.

사실 모든 걱정을 차치하고서라도, 곧 이사할 아파트는 불만스러울 이유가 전혀 없다. 내가 본가를 떠나 스무 살부터 여태 살아온 거처들(기숙사, 고시텔, 원룸)을 생각해보면 정말 천국과도 같은 곳이다.

지난날들을 되짚어보면, 끔찍했던 최악의 순간들 덕분에 늘 그다음 만나는 절망들은 견딜 만했던 것 같다. 당장은 마냥 좋을 것만 같은 아파트며, 직장 생활이며, 조만간 들이닥칠 결혼 생활에도 분명 힘든 순간들은 있을 것이다. 거의 최악이라고 생각되는 그런 순간들이. 그래서 미리 챙겨둘 최악들이 있었다는 건 차라리 다행이다. 얼핏 최악 같아 보여도 내가 미리 챙겨둔 최악에 비하면 괜찮을 때가 많을 테니까.

현실에게 선언하건대, 웬만한 절망으로는 나를 바닥까지 끌어내릴 수 없을 것이다. 이 글에서 언급한 것 말고도 내게는 비장의 무기들, 어마어마한 최악들이 준비되어 있으니까. 최악을 챙겨두는 일은 역설적으로 최선의 대비책이기도 하니까. 미리 챙겨둔 최악 덕분에 나는 든든하고 단단하다.

닻, 덫, 돛

안정을 위해 내린 닻에 안주하면
어느 순간 그 닻은 덫이 되어 발목을 잡는다.
바람이 불어오면 돛을 올려야 한다.
배는 정박하기 위해서가 아니라
항해하기 위해 바다에 던져졌다.

　오늘은 날씨가 정말 온화해서, 카페가 아닌 학교 캠퍼스 솔숲(요즘은 노르웨이 숲, 줄여서 '노숲'이라고 부른다.)에 앉아서 책을 읽었다. 여러 작가의 산문을 엮은 책 『나는 천천히 울기 시작했다』인데, 거짓말처럼 마음에 쏙 드는 산문들뿐이라 시간 가는 줄도 모르고 책을 읽었다. 쓸쓸한 글도 있었고 시트콤처럼 재밌는 글도 있었지만, 오늘과 가장 잘 어울리는 글은 소설가 이혜경의 산문 「봄은 고양이로다」였다.

　7남매의 팍팍한 생계를 꾸려내던 작가의 엄마가, 출산 직후 명을 다한 어미 고양이 대신 아기 고양이들을 보살폈던 기억에 관한 글. 다른 형제들이 모두 곤한 잠에 빠져 있던 새벽, 어미젖이 고파 낑낑대는 아기 고양이들을 위해 잠을 줄여가며 우유를 먹이던 엄마, 그리고 그 옆에 있던 작가. 작가는 '마치 엄마와 단둘이 있었던 것처럼 느껴지는' 그 순간들을 기억하면서 이렇게 말한다.

　부드러운 털 한 겹 아래 오톨도톨 만져지는 고양이의 가는 뼈가 금세라도 바스라질 것 같아 마음 조이면서도 나는 행복했다. 나는 엄마와 단둘이 깨어 있는 것이다. 식구가 많은 집안인데다 아버지의 일까지 거드시느라, 내가 엄마를 차지할 수 있는 기회는 아주 적었다. 어쩌면 내가 졸린 눈을 비비면서 밤마다 반짝 일어난 것은 아기 고양이에 대한 안쓰러움이나 엄마를 거들어 드리겠다는 대견스러운 생각에서라기보다는, 엄마를 온전히 독차지한다는 기쁨 때문일지도 몰랐다.

—『나는 천천히 울기 시작했다』 209쪽

아기 고양이들은 어미를 잃었고, 그 덕에 작가는 연약한 어느 새벽마다 온전히 엄마를 독차지할 수 있었다. 물론 그건 고양이든 사람이든 가리지 않고 한 생명을 보듬는 '엄마의 정성' 덕분이었고.

이 글을 읽다가 나도 모르게 너무 행복해져서 입술을 앙 다물고 웃을 수밖에 없었던 장면이 있다. 아기 고양이들은 정말 작은 한 줌의 존재들이라, 우유병 젖꼭지도 너무 커서 우유를 찻숟가락으로 일일이 떠먹여야 했다. 그러던 어느 날 작가의 엄마가 약국에서 아기 고양이도 빨 수 있을 정도로 작은 젖꼭지가 달린 우유병을 구해 오신다. 그걸 구해서 들고 오던 엄마의 표정을, 작가는 이렇게 표현한다.

늘 무표정에 가깝게 덤덤하던 엄마의 얼굴에 그렇게 천진하게 떠오른 득의라니. 그때 엄마의 얼굴은 난분분 떨어지는 복사꽃잎처럼 환했다.

—『나는 천천히 울기 시작했다』 210쪽

한 번도 본 적 없는 그 얼굴을, 나는 마치 당장 본 것만 같아서 글을 읽다 말고 행복만큼 따뜻한 콧김을 뿜었다. 아마 나보다는 작가가, 작가보다는 아기 고양이들이, 그리고 그때의 아기 고양이들보다는 누구보다도 작가의 엄마가 가장 행복했으리라. 사랑하는 존재를 위해 기꺼이 뭔가 할 수 있다는 것만큼 행복한 건 없으니까.

글을 다 읽고 나니 문득 고양이에 관한 기억이 하나 떠올랐다. 고등학생이던 동생 경인이가 하굣길에 대뜸 아기 고양이를 데리고 온 적이 있었다. 제대로 먹질 못해 도망갈 여력도 없이 길가에서 너무 애처롭게 울고 있던 아기 고양이를, 한참 지켜봐도 어미가 찾아오지 않는 아기 고양이를 도저히 그냥 지나치기는 어려웠다고 말하면서. 한창 비속어를 일상어처럼 써대고 덩치가 나보다도 큰 남자 고등학생이었지만, 여리고 나약한 것 앞에서는 여리고 나약한 마음이 드는 법인가 보다.

사정이 딱한 그 아기 고양이를 그냥 내치는 것도 매정하지만, 아무튼 당시 오래된 6층짜리 아파트에 살던 우리 가족이 아기 고양이를 온전히 책임지는 것도 무리였다. 더군다나 개나 고양이 만지는 것을 두려워하는 엄마는 더 질색을 하셨다. 하지만 어쩌겠는가. 그 아기 고양이에 비하면, 우리 가족은 베풀 수 있는 것이 너무 많은 입장이었다. 야밤에 아파트 분리수거장으로 가서 쓸 만한 박스와 신문지를 챙겨왔고, 고양이가 먹을 우유와 소시지를 사왔다. 그렇게 베란다 한쪽에 허접한

보금자리를 만들어놓고 잠든 사이, 새벽 내내 가족들은 화장실 간다는 핑계로 다들 한 번씩 베란다의 아기 고양이를 살폈다. 예상했겠지만, 가장 질색하던 엄마가 가장 애살맞게 아기 고양이를 챙겨주셨다.

그렇게 한 사나흘이 지났던가. 외출하고 돌아온 집에서 엄마는 굉장히 분한 표정으로 저녁을 준비하고 계셨다. 환기도 시킬 겸 열어둔 현관문으로 아기 고양이가 인사도 없이 떠나버린 것이다. 다만 며칠이라도 길에서 오들오들 떨고 있던 저를 거둬서 먹이고 재워준 정이 있는데, 손길 한 번 허락해주지 않다가 먹고살 만하니 쌩 하고 떠나버렸다고. 내가 이래서 강아지는 좋아해도 고양이는 싫어한다고. 양파를 써는 엄마의 칼질에 양파와 함께 서운함도 썩둑썩둑 잘려 나갔다. 그날 저녁 식사 후에 TV를 보던 엄마는 "그래도 우리 집에서 워낙 잘 먹어서 나가서는 잘 살겠지. 잘 살아야지 배은망덕한 고양이…"라며 말끝을 흐렸다. 엄마라는 존재는 그렇게, 늘 마음의 끝자락에 걱정을 달고 사는 사람이었다. 그때도 지금도.

솔숲에서 책을 다 읽고 멍하니 캠퍼스 풍경을 바라보다가, 대학 본관 뒤쪽의 정원에서 낮게 누워 쉬는 고양이를 발견했다. 누런 빛깔 몸통에 옅은 줄무늬가 있는, 누운 그 자리가 마치 제 지정석인 듯 편안하게 눈까지 감고 있는 고양이. 이장희 시인은 동명의 시 「봄은 고양이로다」에서 "꽃가루와 같이 부드러운 고양이의 털에/고운 봄의 향기(香氣)가 어리우도다"라고 했는데, 정원에 누운 고양이가 꼭 그 시의 한 장면 같았다.

봄볕 아래 고양이, 봄을 닮은 고양이를 보면서 나도 고양이에 대해 봄처럼 온화해져도 되겠단 생각이 들었다. 사람의 입장에선 얼마든지 서운하고 배은망덕해 보일 수도 있겠지만, 고양이에겐 또 고양이의 사정이 있었겠지. 잊고 있던 약속이 떠올랐거나, 베란다 밖으로 자기를 찾는 어미 고양이의 애타는 울음을 들었거나. 아무튼 그 예전 인사도 없이 떠났던 아기 고양이도, 무럭무럭 건강히 자라서 저기 낮잠이 든 고양이처럼 양지 바른 봄볕 아래에서 편안했으면 좋겠다.

최선을 다하고도 실패하거나 패배하는 사람들이 많다. 나도 여지없이 그들 중 하나이고.

다리가 부러져도 학교는 가는 것이 학생의 본분이던 시절이 있었다. 불과 십여 년 전이라고 하면 그리 먼 과거도 아니다. 어쩌면 지금도 그런 시절을 맹신하는 분들이 계실 것이다. 오직 최선만이 미덕이었던 시절을.

그런 분들에게 "최선을 다했는데도 실패했다"는 명제는 성립하지 않는다. 실패는 그 자체로 최선을 다하지 않은 증거가 되고 마니까. 넌 최선을 다했다고 생각하겠지만, 그렇지 않단다. 지금 네 꼴을 보렴. 최선을 다했다면 실패할 수 없어. 그렇게 최선에 대한 맹신과 무시무시한 순환논증이 만나면, 더 이상의 언쟁은 무의미해지고 만다. 어떻게 해도 나는 최선을 다하지 않은 놈이 되어버릴 테니까. 모든 과정은 결과에 의해 평가되니까.

하지만 단언컨대 최선을 다하고도 실패할 수 있다. 최선을 다했지만 패배하는 경우는 허다하다. 올림픽이나 월드컵, 아니 자국의 흔한 스포츠 경기들을 보면 그 사실은 더욱 명백해진다. 저들 중 누가 최선을 다하지 않았겠는가. 그래도 결국 누군가는 승리하고 누군가는 패배한다. 그걸 두고 함부로 '최선의 배신'이라고 부르기엔 애매하다. 애초에 최선이라는 태도는 승리와 성공을 담보하지 않으니까.

최선이 담보하는 것은 만족감과 당당함이다. 남들과 비교해 좌지우지되는 것이 아니라 스스로에게 부끄럽지 않을 만큼의 노력을 더했는가에 의해 확인되는 것이다. 결국 최선이란 각자의 한계치까지 도달해내는 일이며, 최선을 다했다는 말의 진의는 정말 할 수 있는 만큼은 다했다는 것이다. 그러니 누가 폄하하거나 비아냥댄다 해도, 딱히 변명할 필요가 없다. 뭐 어쩌라고. 나는 최선을 다했는데.

그런데 최선의 정체를 오해하면 뒤따르는 실패와 패배 때문에 괴로워진다. 만약 성공과 승리만이 목적이었다면 최선이 아니라 최적의 태도를 취했어야 한다. 얼핏 아이러니해 보이지만, 성공과 승리를 위해 반드시 최선을 다할 필요는 없다. 꼭 필요한 만큼의 노력을, 필요한 시기에, 필요한 방식으로 더하는 것. 그것이 바로 최적의 태도다. 거기에 더해 운까지 따라준다면 금상첨화.

어떤 사람들은 최선과 최적이 꼭 들어맞아서 "그래, 저렇게 열심히 하니까 성공하지"라는 말이 절로 나오지만, 또 어떤 사람들은 겉으로 보기엔 설렁설렁하는 것 같은데도 성공하고 승리한다. 바로 후자가 최선을 다하지 않고도 최적의 태도로 일을 성사시키는 경우다. 최선을 맹신하는 사람들은 특히 후자의 경우를 겪을 때 좌절한다. 세상이 불공평하고, 신조차 나를 외면했으며, 최선에게 배신당했다고.

처음 말했던 것처럼 나 또한 최적의 성공보다는 최선의 패배에 익숙한 사람이다. 그걸 두고 누군가는 미련하다고 하고, 누군가는 우직하다고 한다. 구태여 성공 대신 패배를 선택하려던 건 아니고 (당연히 나도 성공과 승리가 좋다. 실패와 패배의 맛은 언제나 쓰고 비리다.) 그저 타고난 기질이나 살아온 방식이 그런 탓이다. 하지만 최선을 다한 뒤에 가슴 가득 차오르는 만족감과 당당함은 분명 값지다. 누구에게든 "그래서 뭐 어쩌라고"를 내뱉을 수 있는 자격이랄까.

그러니까 사실 최선은 우릴 배신한 적이 없다. 다만 우리가 최선을 오해했을 뿐. 그렇다고는 해도 늘 '최선의 실패'나 '최선의 패배'만을 쫓고 싶지는 않다. '최선의 성공'이라든가 '최적의 승리'도 맛보고 싶다. 그렇게 말하면서도 결국 또 이렇게 최선의 무엇일 뿐인 글을 적고 말았다. 역시 사람은(설령 자기 자신이라 해도) 고쳐 쓰는 것이 아닌가 보다.

무식도 배우는 거리서

아침 출근길, 지하철 에스컬레이터를 타고 내려가는 중이었다. 두 사람이 나란히 설 수 있는 상행과 달리 하행 에스컬레이터는 간격이 좁아서, 다들 줄줄이 서서 폰을 보거나 뒤를 돌아보며 일행과 눈을 맞추고 있었다.

내 앞으로는 허리가 굽고 키가 작은 할머니, 그 앞으로는 출근길인 듯한 남녀 3명, 그리고 제일 앞에는 모녀지간으로 보이는 2명이 서 있었다. 특히 모녀 중 엄마로 보이는 사람은 수시로 뒤를 돌아보며 힐끔거렸는데, 하필이면 스마트폰을 보고 있지 않던 나와 두어 번 눈이 마주쳐서 의도치 않게 그쪽을 주시하게 됐다. 제법 긴 에스컬레이터가 느릿느릿 지하로 내려가는 동안 의뭉스러운 그녀의 눈빛에 나도 괜히 경계심이 생겼다.

그 눈빛의 의중은 금세 드러났다. 그녀는 에스컬레이터에서 내리며 다 쓴 샘플용 핸드크림 용기를 상하행 표시등이 켜지는 기둥에 턱 하니 올려두고(그러니까 버려두고) 갔다. 어차피 지하철을 타러 가는 길이라면 개찰구 바로 옆에 쓰레기통이 있는데, 굳이 왜? 부지런히 주위를 살폈던 걸 보면 누가 보지는 않을까 신경은 쓰였던 모양인데 어쨌거나 그녀는 몰상식한 방식으로 쓰레기를 무단 투기했다.

더욱 놀라운 건 모녀의 태연함이었는데, 중학생쯤은 되어 보이던 딸은 그런 엄마의 행동을 보고도 아무렇지 않은 듯 에스컬레이터에서 내리자마자 팔짱을 끼고서 걸어갔다. 글쎄, 저 정도 나이라면 가정교육 운운하며 부모 탓만 하기엔 너무 크지 않나.

'보고 배운 도둑질'이라는 말처럼, 사람은 좋은 것만 배우는 존재는 아니다. 외국어를 학습하는 사람들을 보라. '빠가야로'와 'Fuck You'와 '존나 씨발' 같은 단어가 먼저 입에 착착 달라붙는다. 오히려 저속하고 자극적인 것들이 더 즉각적으로 학습되는 것이다.

그런 점에서 교양 없는 행동이나 무식 또한 마찬가지다. 교양 있는 행동을 겪지 못해서가 아니라 교양 없는 행동을 보고 배워서, 유식하지 못해서가 아니라 무식한 짓을 보고 배워서 사람이 비루해진다.

나라고 무슨 아주 교양 있고 유식한 인간인가 하면 딱히 그렇지도 않지만, 모르고 살다가도 부끄러운 행동인 줄 알게 되면 고치려 노력하는 정도는 된다. 상황, 나이, 문화, 직책, 권위 따위를 변명으로 알면서도 무식하게 행동하기 시작하면 참 괜찮았던 사람이 너저분해지는 것도 한순간이다.

그냥의 부피

결론부터 말하자면

나에게는 자작곡이 있다. 그것도 5곡씩이나.

사실 노래를 만들어내는 방식의 순서라든가, 통상적으로 필요한 공식 같은 건 전혀 모른다. 점심 메뉴를 고민하며 "오늘~ 점심은~ 무엇을~ 먹어야~ 하나~" 괴상한 음을 붙여 혼잣말을 하는 아저씨처럼, 생각나는 문장을 흥얼거리다가 작사 작곡을 해버렸다. 아 물론 피아노나 기타는 칠 줄 모르고 코드도 모른다. 작곡을 했다는 건, 그러니까 어쨌든 노래 비슷한 걸 만들었다는 뜻이다.

배운 적도 없는데 알고 보니 천재, 같은 건 나와 상관없는 일이라서 5곡 모두 어디선가 들어본 듯한 멜로디다. 그것도 2, 3곡 정도의 멜로디가 전혀 정교하지 않게 봉합된 느낌. 그래도 상관은 없다. 음원을 낼 것도 아니고 서면 한복판에서 버스킹을 할 것도 아니니까. 아니, 그 누구에게도 들려줄 생각이 없으니까. 집에서 혼자 청소를 하거나 커피를 마실 때 불러보는 정도. 화창한 오후에 인적 드문 길을 걸으면서 흥얼거리는 정도. 딱 그 정도면 충분하다.

그렇다곤 해도 아무 노력 없이 만든 노래들은 아니다. 나름 대로는 꽤 공을 들였다. 처음엔 잔잔하게 반복, 여기서 후렴구 들어가고, 이쯤에서 고음 클라이맥스 딱, 각운을 맞추려면 이런 단어가 좋겠군 하면서.

돈도 안 되고 내세울 자랑 거리도 아닌 일을 무엇 하러 해 댔느냐고 묻는다면, 그냥 해본 거라고 할 수밖에. 그냥 노래가 될 것도 같아서. 그냥 노래 한 번 만들어보고 싶어서. 그냥 하다 보니 재밌고 즐거워서. 그냥, 그냥, 그냥.

살면서 그냥 해볼 수 있는 일이 있다는 건 꽤 큰 여유를 느끼게 해준다. 내 존재의 용량이 필요와 쓸모로만 꽉 채워져 있다면, 나는 매순간 쓸모없는 인간이 되지 않을까 초조하고 불행했을 것이다. 다 채우지 않고 비워두는 공간, 바로 그곳이 '그냥의 부피'다. 책임과 경쟁과 성과의 굴레 속에서 스스로 숨통 틔울 수 있는 그냥의 부피를 확보하는 것은 의미가 있다. 굳이 나처럼 얼렁뚱땅 해괴망측한 노래를 만들지 않더라도, 뭐든 그냥 해볼 수 있는 건 좋은 일이다.

어쨌든 나에게는 오롯이 나만을 위한 노래가 5곡이나 있는 셈이다.

그냥 해본 것치고는 나쁘지 않다.

주말에는 천천히

며칠 전 대학 선배 L이 '토요일 아침에 목욕탕 다녀온 이야기'를 해줬다. 별 대수롭지도 않은 내용이었는데 어찌나 마음이 평온해지던지. 선배의 경험담에 약간의 상상력을 보태서 이 글을 쓴다. 읽는 모두에게 그 평온함을 전하고 싶어서.

L 선배에게는 목욕탕에 관한 나름의 지론이 있다.

목욕탕을 이용하는 동안은 온전히 혼자가 되는 것.

해서 목욕탕에 갈 때만큼은 누구와도 동행하지 않는다. 소지품도 최소화한다. 스마트폰은 집에 두고 지갑의 부피도 덜어낸다. 비누와 치약, 수건에 샤워타월까지 비치된 남탕에 목욕 바구니는 사치다. 가볍고 헐렁한 바지 주머니에는 목욕비 몇 천원과 일회용품을 살 정도의 잔돈이면 충분하다. 가능하면 맨발에 슬리퍼 따위를 신고, 걸어서 동네 목욕탕으로 향한다. 비가 내리면 그것도 나름대로 운치 있겠지만, 요즘 같은 봄날엔 아무래도 화창한 햇살과 온화한 바람이 제격이다.

자, 이제 목욕탕에 도착한다. 안녕하세요. 한 명이요. 샴푸하고 바디워시 하나씩 주세요. 카운터에 앉은 주인아저씨와 대충 그런 대화를 주고받은 뒤 본격적인 묵언에 돌입한다. 목욕을 끝내고 귀가할 때까지 한 마디도 하지 않는 것이다. 동행도 없고 스마트폰도 없으니 어쩌면 당연한 것인지도 모른다.

계단을 올라 커다랗게 '남탕'이라고 적힌 유리문을 열고 들어서면 습한 공기에 섞인 비누 냄새와 구두약 냄새. 한쪽 구석의 TV에서 흘러나오는 스포츠 중계 소리와 목욕탕 이발소의 바리캉 소리. 헤어드라이어 모터 소리와 벽걸이용 선풍기의 풍량을 조절할 때 나는 딸깍 소리, 구운 계란 껍질을 평상에 내리치는 소리까지. 그 모든 소음들이 더할 나위 없이 조화로운 곳에서 묵묵히 탈의를 하고 목욕탕으로 들어선다.

희뿌옇고 습한 온기가 가득한 곳. 아무 말 없이도 온탕과 냉탕의 밀담 같은 공명이 울리는 곳. 그런 곳에서 샤워를 하고, 탕에서 몸을 불리고, 샤워타월로 묵은 때를 벗긴다. 건식 혹은 습식 사우나에서 온몸의 땀구멍이 열릴 때까지 앉아 있다 나와서 차가운 물로 몸을 씻어내는 상쾌함이란. 겨울도 다 지난 김에 냉탕 폭포 버튼을 눌러 어깨와 등을 마사지하거나 여유로운 잠영을 즐기는 것도 나쁘지 않다.

그러고는 목욕탕 한구석에 마련된 원적외선 쉼터에서 잠시나마 곤한 잠에 든다. 완전한 나체 상태로 적당한 높이의 목침을 베고 누워서 눈을 감는다. 목욕탕, 그중에서도 남탕이 아니라면 어디에서도 불가능한 그야말로 태초의 잠이다. 한국에는 누드비치는 없지만 남탕의 원적외선 쉼터가 있다. 길어봤자 30분 내외의 시간, 샤워타월로도 다 씻기지 않았던 한 주의 고단함이 잠결에 빠져나간다.

다시 탈의실로 나와 수건으로 물기를 닦고 비치된 스킨로션을 바른다. 'CHARACTER'라든가 'QUENAM' 같은 상표가 적힌, 이름은 달라도 향은 다 비슷한, 집에서라면 절대 쓰지 않을 그런 스킨로션을. 선풍기의 시원한 바람을 맞으며 동시에 헤어드라이어의 뜨거운 바람으로 머리를 말린다. 면봉으로 귓속 물기까지 닦아내고 나면 로커에 넣어뒀던 옷을 주섬주섬 다시 꺼내 입는다. 애당초 바지 주머니에 챙겨온 현금은 이미 다 썼으니 바나나 우유 대신 정수기 냉수로 갈증을 해소한다. L 선배의 목욕탕 코스는 금욕과 침묵이 포인트다.

그렇게 한결 개운해진 심신으로 목욕탕 건물을 나선다. 왔던 길을 그대로 걸어서 집으로 향한다. 벗겨낸 묵은 때라고 해봤자 무게를 가늠할 수도 없을 만큼 미미하지만 발걸음만은 훨씬 가볍다. 일주일 내내 짊어온 현실의 무게를 꽤 덜어낸 덕인지도 모른다.

아무튼 계절은 봄이고 오늘은 토요일. 시간은 이제 겨우 정오를 향하고 날씨는 화창하다. 불쾌하지 않을 정도의 허기가 식욕을 돋우고, 집에 도착하면 스마트폰에는 반가운 소식들이 들어와 있을 테다. 씨구려 스킨로션 냄새마저도 그런대로 상쾌하다. 허밍이나 휘파람이 잘 어울리는 귀갓길이다. 이 정도면 주말의 시작으로는 손색없다. 이번 주도 치열하고 바쁘게 보냈다. 목욕을 끝내고 돌아가는 길에, L 선배는 생각한다.

천천히 걸어도 된다.
주말에는 천천히 걷자.

복화술(腹話術), 복소술(複笑術)*

　지하철을 타면 보통 스마트폰을 본다. 스마트폰을 '한다'고 말하지 않고 굳이 '본다'는 표현을 쓴 건, 그 행동에서 그저 보는 것 이상의 능동성을 찾아보기 힘들기 때문이다. 그래도 어쨌든 스마트폰을 본다. 고통스럽지도, 지루하지도 않은 시간의 안락사랄까. 킬링 타임용으론 스마트폰이 최적의 무기다.

　가끔은 노래를 듣기도 한다. 요즘은 안녕의 온도와 폴킴의 노래가 좋다. 노래를 듣는 동안에는 지하철 안의 풍경을 속속들이 관찰할 수 있다. 술에 취했는지, 교회를 다니는지, 연애를 시작한 지 얼마쯤 됐는지, 염치나 교양이 얼마나 없는지 등등. 관찰하다 보면 꽤 많은 걸 알게 된다. 물론 승객들 대부분은 보통의 내가 그랬듯이 스마트폰을 본다.

　하루는 지하철에 승객이 많아 다들 잠든 갈치처럼 빽빽하게 서서 간 적이 있다. 그러거나 말거나 우리는 한마음으로 스마트폰을 보고 있었고, 굳이 의도하지 않아도 서로의 스마트폰 화면을 확인할 수 있었다. 간혹 뉴스를 보는 분도 있지만 대부분은 유튜브로 재미있는 영상을 보거나, 이름 모를 게임을 하거나,

'ㅋㅋㅋ'를 연발하며 카톡을 하고 있었다. 때마침 나는 이어폰으로 노래를 듣고 있어서 그 화면들을 확인할 수 있었다.

그러다 문득 뭔가 이상하다고 생각했다. 스마트폰 화면들은 우습고 흥미롭고 즐거운데, 그걸 보는 사람들의 표정은 하나같이 엄격하고 근엄하고 진지했다. 마치 수업 시간에 몰래 만화책을 보며 수업을 경청하는 척하는 학생처럼, 다들 굉장히 진지한 철학적 사유를 하는 척하고 있었다. 그래 봐야 그들은 겨우 시간을 죽이고 있을 뿐인데. 좀 웃어도 될 것 같은데. 출입문 유리에 비친 내 표정도 별반 다르지 않았다. 달달하고 기분 좋은 노래를 듣고 있는 사람이라고는 믿지 못할 만큼 화난 표정이었다. 저주의 노래라도 듣고 있는 듯한 표정.

조음 기관과 표정의 변화 없이 말하는 것을 '복화술復話術'이라고 한다. 문자 그대로 '말을 숨기는 기술'이다. 주로 1인 2역 또는 1인 다役을 해내는 인형극에서 볼 수 있는 기술로 내가 아니라 인형이 말하는 척하는 거다. 복화술을 할 땐 배역의 구분을 위해 가성을 쓰며 목소리도 변조한다.

나를 포함한 지하철의 많은 사람들은 복화술이 아니라 '복소술復笑術'의 달인이 되어버렸다. 즐거워도 웃지 않는다. 행복하거나 편안해도 미소를 보이지 않는다. 다들 스마트폰을 보는 동안 즐거운 자신을 감추고, 심각한 인형의 탈을 쓰고 있다. 간혹 복소술이 미숙한 누군가가 푸흡, 하고 웃음을 터뜨리면 이상한 눈초리로 쳐다본다. '왜 그래, 아마추어같이' 하는 표정으로.

　나도 그런 눈초리로 누굴 쏘아본 적 있다. 그냥 참 즐거운가 보다, 재미있나 보다 생각하면 될 일이었는데. 웃자고 하는 일을 하면서 웃지 못하는 건, 정말 웃기지도 않은 일 아닌가. 박장대소가 공공장소 예의에 어긋난다면 미소 정도는 괜찮다. 슬플 땐 슬퍼하고, 즐거울 땐 즐거워하는 일. 그게 어려워지면 인간다운 생활도 어려워진다. 직접 인형극을 해야 한다거나, 극비요원이 아니라면 우리에겐 복화술보다 정확한 발음이, 복소술보다는 솔직한 표정이 더 필요하다. 혼자 온 세상 근심을 짊어지고 살게 아니라면 잘 울고, 잘 웃자.

마라톤

스물둘이면 인아는 아직 어리제. 인생을 마라톤이라 안 카나. 그라믄 인아는 인자 겨우 한 10km 뛴 건데 갈 길이 멀다. 그만큼 부모나 형이나, 먼저 뛴 사람들이 지켜봐줄 줄 알아야 된다. 재촉한다고 빨리 완주할 수 있는 인생이 아니라카이.

아부지는 인자 한 30km, 아니 어쩌면 조금 더 많이 뛰었을 기라. 근데 이쯤 되고 보니 남들보다 앞설라고 아등바등하지도 않고, 기록을 줄일라고 앞만 보고 뛰지도 않을 수 있게 된 것 같으이. 인자는 풍경을 볼 줄 알게 된 것 같어. 뛰면서 하늘도 보고, 풀도 보고, 꽃도 보고, 옆에서 뛰는 놈 표정도 보고. 앞에 오르막길이 있는지, 좌회전인지, 아니면 갑자기 결승선이 나타나는 건 아닌지.

아부지는 진짜 현실 마라톤에서 그렇게 뛰는 선수가 나타나면 얼마나 멋지겠노, 그런 생각을 한다카이. 경쟁, 승부, 그런 거 다 초탈하고 그 순간을 즐기면서 달리는 선수.

근데 빈아, 그것도 해볼 만큼 해본 다음에 해야 된다이. 자기 한계를 두드려보지 못한 놈이 초탈한 척하는 건 자기기만이고 오만이고 나태일 뿐이라카이. 아부지는 인생에서 아부지 방식대로 나름 한계를 두드려본 적이 있다. 두드리다가 손이 다 깨지고, 울고, 욕하고, 소리 지르고 별 지랄을 다 했는기라. 그라고 나서 하는 소리다.

그러니까 빈아, 니는 마 지금 하듯이 열심히 성실히 사는 기 맞다. 잘 하고 있다.

나중에는 니도 풍경을 둘러보는 시절이 올 기다.

Part 2

어른스러워도 되는 걸까 벌써

영정사진

늘 오가는 길목에 공원이 하나 있다. 공원을 지날 때마다 철봉에서 턱걸이라도 몇 개씩 하려고 노력하는 편이다. 철봉 바로 옆에는 기다란 벤치 4개가 정사각형 대열로 배치되어 있다. 동네 할머니들은 늘 그곳에 둘러앉아 안부를 묻고, 울분을 토하고, 깔깔깔 웃는다. 특히 그 웃음소리는 마치 한데 모여 있다가 일제히 날아가는 참새 떼를 닮았다. 들을 때마다 기분이 상쾌해진다.

오후 4시쯤, 버릇처럼 공원을 지나며 턱걸이를 하는 중이었다. 바로 옆 벤치엔 역시나 할머니들이 옹기종기. 헌데 처음 보는 할머니 한 분이 정사각형 대열의 벤치 한가운데 서서는 손수레 가방에서 주섬주섬 뭔가를 꺼내들었다. (늘 오는 분들이라 몇몇 할머니들은 낯이 익다.) 손수레에선 익숙한 크기의 액자 두 개가 들려나왔다. 정장 차림의 할아버지와 한복 차림의 할머니, 영정사진이었다.

"할매들요, 함 보소. 요 앞에 우리 사진사 아저씨한테 가가 싼값에 사진 함 찍으이소."

할머니들 일제히 액자를 보고는 "뭐고 이기, 영증사진 아이가."

"아무끼나 편한 옷 입고 찍으믄 이래 곱게 바까줍니더. 남자는 정장, 여자는 한복. 사진관 안 가고 요 앞에 봉고차에 가가 찍기만 하믄 된다카이."

합성한 한복과 정장, 그리고 하늘빛이 도는 배경색을 유심히 보던 할머니들 다시 일제히 "아이고야, 염팡 사진관에서 찍은 것 같네. 희한하데이."

그러고는 한바탕 깔깔깔.

나는 영정사진 영업(?)이라는 게 있다는 것도, 봉고차에서 영정사진을 찍을 수 있다는 것도 처음 알아서 놀랐지만 무엇보다도 그 상황을 대하는 할머니들의 유쾌함이 가장 놀라웠다. 사람이 살 만큼 살아서 생生보다 사死가 더 친숙해지면 영정사진 앞에서도 웃을 수 있는 걸까. 그러다 가장 연세가 많은 맏언니가 (늘 같은 모자를 쓰고, 작은 손수레를 보행 보조용으로 끌고 다니신다.) 영정사진을 가만히 보더니 던진 한마디.

"둘 다 너무 젊네. 너무 젊을 때 찍었네. 요 두 사람은 누기요? 살아 있능교? 아이믄 벌써 가뿟능교?"

영정사진 영업하던 할머니는 잠시 당황하시더니 "가기는 어딜 갑니꺼. 함 보라고 찍어둔 거지. 억수로 팔팔하게 잘 지냅니더. 영정사진 찍고 나믄 희한하게 더 팔팔해진다카이."

그 얘기에 할머니들은 다시 깔깔깔. 햇살 좋은 가을 공원에서, 영정사진을 가운데 두고 몇 번이고 날아간 참새 떼들은 어디로 향하는 걸까. 한 분쯤은 그 봉고차에서 영정사진을 찍으셨으려나. 그랬다면 아마 참새 떼는 어디론가 떠나버리고, 남은 자리의 낙엽을 닮은 표정이었겠지.

나이라는 게

서른이라는 나이는 하루아침에 찾아왔다. 아니, 사실 2017년 1월 1일부터 365걸음 거리에서 서른은 하루 한 걸음씩 찾아왔다. 2017년 12월 31일까지도 내가 모른 체하고 있었을 뿐. 서른을 '서러운 어른'의 준말이라고도 하고, 김광석의 노래 「서른 즈음에」 첫 가사가 '또 하루 멀어져간다'이기도 하지만, 정작 서른이 되어 보니 글쎄. 일단 나는 생각보다 서럽지 않았고, 어른은 더더욱 아니었다. 멀어져가는 것들 많지만, 아직 다가올 것들이 더 많은 나이라는 생각이 든다. 선배들에게 얘기했더니, 나이 서른엔 서른이 실감이 안 난다고 하더라. 진정한 서른은 서른하나에 훅, 노크도 없이 들어올 거라면서.

나이라는 게 막 던져둔 옷가지처럼 제멋대로 쌓이도록 두다가, 문득 고요한 날에 주섬주섬 개어보게 되는 것 같다. 그때가 되어서야 잃어버린 줄 알았던 양말 한 짝을 찾아내거나 구겨진 셔츠를 새삼스레 다림질해보기도 하듯, 나이라는 건 문득 어질러진 날들을 정렬하고 살펴보는 동안 차곡차곡 쌓이는 게 아닐까. 그래서 사람은 앞만 보고 달릴 때보다 가끔 뒤를 돌아보며 지나온 날들을 곱씹어볼 때 조금씩 나잇값을 채우는 건지도 모르겠다.

다만 나이 서른에 '꿈'에 대해 말한다는 게 조금 민망하긴 하다. 남들은 직장에, 연봉에, 차 할부금, 출산 얘길 하는데 나만 손에 잡히지도 않는 뜬구름 속에 머물고 있는 것 같아서. 그래도 어쩔 수가 없다. 난 하고 싶은 일을 하면서 돈도 벌고, 결혼도 하고 싶다. 혹시 이러다가 나라는 사람이 아예 '민망한 놈'이 되어버리는 거 아닐까, 걱정도 들지만 서른을 맞아 조금 더 뻔뻔해질 준비를 하고 있다.

미장!

나는 보통 준비를 꼼꼼히 한 후에야 비로소 일을 시작하는 편이다. 이때의 준비란, 현실적 요건을 갖춘다는 의미라기보다는 '마음의 준비'일 때가 많았다. 달라진 건 하나도 없는데도, 문득 '그래, 해보자!' 하는 마음이 들면 그때 해버리는 거다. 그렇게 복학 후 3주 만에 전과를 했고, 그렇게 운동을 했고, 그렇게 서른에 글을 쓰고 있다.

요즘 음식인문학자 주영하의 『한국인은 왜 이렇게 먹을까?』를 읽는데 아주 재미있다. 이 책의 서문에 '미장!'이란 표현이 나온다. 프랑스어 'mise en place'의 준말로, 레스토랑의 셰프가 손님을 맞기 전 완벽한 준비를 외치는 말이라고 한다.

세상에 쉬운 일이 어디 있겠냐마는 그중에서도 일단 살아가는 일, '인생'만큼 어려운 게 없는 것 같다. 레스토랑은 영업 시작 전에 만반의 준비를 갖추고 "미장!"이라고 외칠 수 있는데, 인생은 아무런 준비도 없이 시작되니까. 마음의 준비도 안 됐는데, 아니 '마음'이란 걸 모르는 채 태어나자마자 시작되니까.

그렇다고 불쑥 찾아온 인생이란 손님을 쫓아낼 수도 없다. 일단 되는 대로 열심히 살아보는 수밖에. 언젠간 나도 내 인생을 앞에다 두고 외쳐볼 수 있음 좋겠다.

"미장!"

사람이 약고, 얕다

다른 사람이 아니라 내가 그렇다는 얘기다. 한때는 수지가 맞지 않더라도 스스로 정한 기준을 만족시키기 위해 순수한 노력을 더하던 시절도 있었다. 사소한 것을 사소하게 보지 않으려 관심을 기울이던 그 시절. 몇 권의 책과 몇 줄의 문장과 며칠 밤의 불면이 나를 사람답게 만들어준다고 믿었던 그 시절. 이제는 그런 모습을 찾아보기가 힘들다. 지금의 내가 시간이 흘러 미래의 내가 되는 걸 텐데, 지금의 나는 과거의 나와 왜 이리도 다른지.

무엇보다 결정적 변화는 돈을 무시하지 못하게 됐다는 거다. 일단, 우선 돈이다. 그렇게 되어버린 것이다. 이런 과정을 모두 '어른이 되는 것'이라고 퉁 치면, 진행 중인 내 존재의 결함과 퇴행이 손쉽게 정리될 것 같기도 하다. 물론 진짜 어른이란 겨우 이 따위 것은 아닐 테지만.

아무튼 일단, 우선 돈이기 때문에 서른의 나는 충분한 돈이 없다는 이유만으로 자존감이 바닥날 때가 많았다. 그런 날엔 '돈도 없는 주제에'라는 저주에 걸려 노래 한 곡 편히 듣기도 힘들었다. 시집을 읽는 것도, 글을 쓰는 것도 다 부질없는 일처럼 느껴졌다. 부질없는 일을 위해 내 존재를 소모하는 것이 마치 죄를 짓는 기분이 들었다. 돈도 없는 주제에 사치를 부리는 것 같은 느낌. 심지어 돈 드는 일이 아닐 때도 그랬다.

그래서 대학 졸업 직후, 공인중개사 시험을 공부했던 적도 있다. 머리가 뛰어나진 않아도 공부 머리는 나쁜 편이 아니었고, '어르신들도 합격한다는데…' 하는 안일한 생각도 있었다. 물론 '부동산을 잘 굴려서 큰돈을 벌 수 있지 않을까' 하는 마음이 가장 컸다. 결과부터 얘기하면 나는 두 달 정도 1차 과목만 공부를 하다가 인터넷 강의와 교재 값 80여 만 원을 날렸고, 그래도 시험을 치러 가긴 했지만 당연히 떨어졌다. 교재도 좋고, 인터넷 강사의 강의력도 출중했다. 문제는, 확신을 갖는 일이었다.

애초에 보람, 신념, 즐거움, 적성 따위의 모든 요소들을 배제하고 그저 돈을 벌 수 있겠다는 이유만으로 시작한 공인중개사 공부라, 확신을 갖고 유지하기가 쉽지 않았다. 확신이 없으니 공부를 하면서도 이것저것 한눈을 팔았다. 헬스 트레이너, 과외 강사, 심지어 타일공, 미장공 등등 내가 당장 뛰어들어서 더 빨리 돈을 벌 수 있는 방법이 뭐가 있을까, 그런 소모적인 고민만 늘었다. 불면증이 생겼고 잠이 들었다가도 자주 깼다. 그 시절에 그나마 매일 아침 운동이라도 하지 않았다면 벌써 어디가 고장 나도 났을 것이다.

주변에 좋은 친구들, 사람들이 많지만 이제 와선 함부로 연락해 신세한탄을 할 수도 없다. 그들은 그들대로 최선을 다해 살아가고 있으니까. 나의 고민은 아무리 밖으로 내던져도 되돌아오는 부메랑처럼, 결국 나의 것이니까. 게다가 누군가에게 편하게 속을 털어놓을 만큼 내 성격도 좋은 편은 아니다. 그리고 나는 내 글을 누구든 읽어주길 바라는 사람이므로, 모든 기억과 고민들은 이렇게 글이 되고 만다. 주책맞은 글을 SNS에 주책스럽게 올린다.

같이 축구를 하고, 같이 술을 마시고, 같이 청춘을 허비했던 친구들. 그 친구들의 대부분은 어딘가에 취업을 했다. 그들은 뭔가, 아직 내가 가보지 못한 인생의 다음 단계에 도착한 것만 같다. 그 친구들에게도 힘든 시절이 있었겠지. 나보다 먼저 이 암담한 시절을 헤쳐나간 친구들이 부럽고, 또 존경스럽다.

몇 권의 책과 몇 줄의 문장과 며칠 밤의 불면이 나를 사람답게 만

들어준다고 믿었던 그 시절. 이제는 그런 모습을 찾아보기가 힘

들다. 지금의 내가 시간이 흘러 미래의 내가 되는 걸 텐데, 지금

의 나는 과거의 나와 왜 이리도 다른지.

돌멩이*

태어나면서부터 초등학교 3학년 무렵까지 나는 유난히 허약하고 마른 아이였다. 거기다 고집은 엄청나게 세서, 파리채로 종아리를 때리고 추운 겨울에 팬티 바람으로 집에서 쫓아내도, 먹기 싫은 건 절대 먹지 않는 독종이었다. 오죽했으면 내가 밥 한 순갈 떠먹을 때마다 이모들이 박수를 쳤다는 얘기를 아직도 할까. 이런저런 보약도 별 효과가 없자, 부모님은 최후의 수단으로 식용 개구리를 고와 먹이기로 하셨다. 물론 나는 그것이 식용 개구리 고운 물인지는 상상도 못하고, 그저 곰국인 줄로만 알고 두 그릇씩이나 먹었더랬지. (어쩐지 냄새가 좀 비리긴 했는데…) 다음 날 아침, 아버지는 출근하시고 엄마는 어린 동생과 늦잠에 빠져 있을 때, 대수롭지 않게 열어본 솥 안에 뒤집힌 개구리가 둥둥 떠 있는 걸 보기 전까진.

어쨌든 식용 개구리를 고와 먹고 난 후로는 살도 붙고 축구나 태권도 같은 운동에도 재미를 붙일 수 있었다. 엄마는 그때를 회상하시면서, "그래도 없는 살림에 남의 자식들 다 하는 태권도니 합기도 같은 건 보내는 보람이 생겼다"라고 말씀하신다. 개구리 파워는 실로 막강했지만, 부작용도 심했다. 솔직히 말해 약 20년 뒤 남성의 미적 트렌드가 깡마른 미소년일 줄 그때 알았더라면 차라리 개구리를 먹지 않는 게 낫지 않았을까, 하는 불효막심한 생각을 할 때도 있다. 나름 봐줄 만했던 유년기의 얼굴이, 개구리를 먹고 난 후 폭풍 성장을 하면서 지금(!?)에 이르렀으니까. 다 부질없는 생각이긴 하지만.

아무튼, 그런 유년기의 허약함 탓에 아버지는 내가 초등학교에 입학하면서부터 늘 "가장 좋은 방법은 싸우지 않고 이기는 것이고, 가장 멋진 방법은 싸운 뒤에 서로 화해하는 것이다"라고 말씀하신다. 지금 생각해보면 성인이 되어서도 참 어려운 일을, 겨우 8살 꼬마에게 진지하게 말씀하셨던 거다. 아무래도 내가 알아듣기 어려워하는 눈치였는지, 아버지는 비밀병기 같은 마지막 말씀을 더하셨다. "만약 그래도 정말 나쁜 의도를 가지고 누군가 너를 괴롭히고 때린다면, 돌멩이로 머리를 찍어버려도 좋으니까 이유 없이 맞고 다니지는 말아라."

지금 생각하면, 요즘 뉴스에서 보도되는 잔혹한 학교 폭력 상황에서 목숨을 위협받는 게 아니고서야, 아무리 급해도 어린 남자애들끼리 투닥거리는 몸싸움에서 돌멩이로 머리를 찍어버리는 일은 보통 큰일이 아니다. 치료비는 제쳐두더라도(당시 우리 집 살림을 생각하면 치료비를 제쳐두기에는 분명 큰 부분이었지만.) 정말로 그 친구가 잘못되기라도 하면 어떡하려고.

물론 시절이 조금 달랐다곤 하지만, 아버지가 그런 걱정도 없이 하신 말씀은 아니었다. 또래에 비해 허약하고, 가진 거라 곤 쓸데없는 똥고집뿐인 아들에게 건넬 수 있는 아버지만의 든든한 조언이었을 것이다. 나는 때로 나보다 힘이 세고 포악한 친구들에게 어떤 위압감을 느끼는 때에도, 내 마음 한편에 아버지가 쥐어주신 돌멩이 덕에 자존감을 지켜낼 수 있었다. 특별히 몰려다니며 누군갈 괴롭힌 적도 없고, 특별히 왕따를 당하지도 않았던 것을 자연스럽다고 생각해왔지만, 사실 그건 돌멩이 덕분이었다. 끝내 나를 지켜내고야 말 '단단한 자존감' 말이다.

그렇게 큰 사고 없이 학창 시절을 보냈다. 쑥쑥 크던 키는 중학교 3학년 때 멈췄고 '개구리 파워' 덕분에 얼굴도 폭삭 늙어서, 나이 서른인 지금이 오히려 그때보다 동안이라는 소릴 들을 정도다. 그러는 동안 합기도도 열심히 배우고, 유도도 배웠다. 고등학생 때는 쉬는 시간, 점심시간, 평일, 주말 할 것 없이 늘 축구를 해댔다. 살면서 딱 한 번, 어깨 수술했던 적을 제외하곤 (그 어깨도 축구를 하다 다쳤다.) 입원해본 적도 없이 건강하게 자랐고, 성인이 되고 나선 꾸준히 헬스장을 다녔다. 어릴 적, 밥 한 숟갈에 박수갈채를 받던 때를 돌이켜보면 격세지감이 느껴진다. 그 허약하고 비리비리했던 아이가 이제는 XL 사이즈를 입는 청년이 되었답니다!

그런데, 왜 아직도 자꾸 비틀대고, 무너지고, 힘든 일들은 많은지. 머리로는 다 아는 일인데도 마음이 이해하지 못해서 울기도 많이 울었다. 몸은 이미 중학교 3학년 때 다 컸는데, 마음은 아직도 성장통인지 뭔지 모를 통증을 달고 산다. 그리고 대부분 그 통증의 원인은 현실에 있었다. 내 뜻대로 되지 않는 현실, 냉혹하고 막막한 현실, 달아나고 싶어도 눈만 뜨면 코앞까지 들이닥치는, 바로 그 현실.

어릴 땐, 딴에는 잘하고 있는데도 던지는 부모님의 잔소리가 귀찮고 듣기 싫을 때가 많았다. 그런데 이제 서른이 되어 제대로 하는 것 하나 없고 불안하기만 한데도, 부모님은 그저 큰아들을 믿고 묵묵히 말씀이 없으시다. 그 믿음이 감사하다가도, 때론 다 내려놓고 하소연하고 싶은 날들도 있었다. 답답한 내 성격 때문에 말 못 하고 혼자 삭일 때가 훨씬 많지만. 그래도 내가 겁먹지 않고, 아니 사실 겁나면서도 현실에 맞서 어떻게든 살아보려 노력할 수 있는 원동력은, 내 마음속의 여전히 단단한 돌멩이 덕분이다.

가진 게 적은 요즘은, 어릴 적 아버지가 내 마음속에 쥐어주신 돌멩이가 유난히 귀하게 느껴진다. 이 돌멩이가 있는 한 누군가의 머리는 안 되더라도, 공갈협박으로 목을 조이려는 현실이라는 놈의 대갈통은 이 돌멩이로 찍어버릴 수도 있을 것만 같아서.

개똥의 쓸모

내가 여덟 살일 때 할아버지께서 돌아가시고 다시 8년 뒤, 할머니께서도 불귀의 객이 되셨다. 솔직히 할아버지에 대한 기억이라고는 거동이 불편할 정도로 병약해진 할아버지께서 어린 나의 초코칩 과자를 빼앗아 드신 것밖에 없지만, 다행스럽게도 할머니에 대한 기억은 꽤 남아 있다. 소주를 좋아하시고 늘 에너지가 넘쳤던 할머니. 친척들에게 "느그 할머니는 진짜 여장부데이"라는 말을 자주 들었다. 동네에서도 유명해서 중국집에 배달을 시킬 때 주소 대신 '노란 샤스집'이라고만 하면 됐다. 소싯적에 '노란 샤스' 입고 동네를 주름잡으셨나 보다. 돌아가시기 몇 해 전까지도, 어린 내 동생과 태권도 놀이를 하실 정도로 정정하셨다. 그 덕에 명절마다 할머니 집으로 향했던 기억이 아직도 선명하다.

대성동 좁은 골목의 가장 끝에 있던, 푸르댕댕한 페인트가 칠해진 대문. 문을 열고 들어가면 맞은편에는 세를 내어주던 2개의 방이 보이고, 오른쪽으로 메주며 곶감이 매달려 있던 마루와 출입문, 마루 아래 개집에는 '콩이'라는 이름의 검은 노견, 슬레이트 지붕 위에는 늘 몇 마리의 고양이들, 고약한 냄새의 재래식 화장실과 날갯짓 소리가 푸드덕 들릴 만큼 큰 바퀴벌레, 마당에 있던 커다란 솥 같은 것들.

그중에서도 가장 선명한 기억은 바로 할머니 집으로 향하는 그 골목의 개똥들이다.

김해여자중학교 맞은편 골목으로 들어서서 허름한 간판의 '슈퍼마켓'이 나오면 오른쪽으로 꺾어 들어간다. 바로 여기서부터 집집마다 짖어대는 개소리와 함께 본격적인 개똥밭이 시작된다. 성인 두 사람이 나란히 서면 꽉 찰 정도로 좁은 골목에는 그야말로 지뢰처럼 개똥들이 흩어져 있었다. 며칠 지나 바싹 마른 개똥, 30초쯤 전에 싼 듯한 싱싱한(!?) 개똥, 가끔 개똥이 맞나 싶을 정도로 푸진 개똥까지.

그런 이유로 그 골목에 들어서는 순간 내 시선은 발밑에 고정될 수밖에 없었다. 도저히 앞을 보고 걸을 수가 없었다. 걸음마다 개똥을 봐야 하는 것도 고역이었지만 밟는 것보다야 훨씬 나았다. 지뢰처럼 발목이 날아가지는 않겠지만, 명절을 맞아 새로 산 신발에 개똥이 묻는 슬픔은 가히 그에 비할 만했다. 대강 50여 미터쯤 되었을 법한 거리가 어찌나 길게 느껴지던지. 그 골목을 걷는 동안에는 '개똥밭에 굴러도 이승이 낫다'는 속담이 얼마나 개소리처럼 느껴졌는지. 그렇게 스릴 넘치는 개똥밭을 완주하고 할머니 집 대문을 열어도 방심할 수 없었다. 할머니네 콩이도 가끔 마당 곳곳에 똥을 싸질러놨으니.

중학교 3학년 때 할머니가 돌아가신 후로 명절이면 할머니 집 대신 큰아버지네로 친척들이 모였다. 큰아버지네 아파트에는 메주도 곶감도 바퀴벌레도 없고, 하얀 현대식 화장실은 깔끔했다. 아파트 단지에 돌아다니던 고양이들은 대성동 할머니 집 슬레이트 지붕에 앉아 있던 고양이들보다 세련돼 보였다. 할머니 집에서 나던 특유의 퀴퀴한 냄새도 나지 않았고, 무엇보다도 개똥이 없었다. 비로소 발밑이 아닌 앞을 보고 걸을 수 있게 된 것이다.

그렇게 대성동 개똥밭을 잊은 채 십수 년이 지나 어느덧 나는 서른이 되었다. 대학에 입학하면서 부산에서 자취를 시작한 후로 개똥을 직접 본 적은 손에 꼽을 만큼 적다. 그나마도 교양 있는 견주들이 금세 배변 처리를 한 덕에, 어린 시절 생생히 직면했던 개똥은 거의 볼 일이 없다. 다행스러운 일이다.

그런데도 '똥 밟았다' 싶은 순간들은 참 많았다. 술에 취해 실수했던 일, 믿었던 사람에게 뒤통수 맞은 일, 맨 정신에 지하철에 지갑을 놔두고 내린 일, 택시를 탔더니 터널에서 10분 넘게 정체되어서 5천 원 나올 거리를 만 원 넘게 냈다거나 하는 일들. 가끔 안 해도 될 말들을 뇌를 거치지 않고 내뱉었다가 두고두고 후회하고, 해야 할 말을 하지 않아 두고두고 오해받았던 일들.

오래되고 낡고 지저분한 골목들을 갈아엎고 개똥과 함께 그 많던 개들도 어디론가 치워버리는 일은 쉬워 보이는데, 살아가는 길의 개똥을 피하는 일은 나이를 먹어도 쉽지가 않다. 멀리 앞을 바라보는 일과 가끔 멀어져 가는 뒤를 돌아보는 일. 거기에만 집중하다 보면 가장 가까운 발밑에 소홀할 때가 많아서.

'개똥밭에 굴러도 이승이 낫다'는 속담의 진의도 조금은 이해할 수 있는 나이가 됐다. 개똥밭이 아니라 해도 우리는 개똥을 만날 수밖에 없으니까, 이러나저러나 살아볼 만하다는 뜻일 테다. '등잔 밑이 가장 어둡다'는 속담의 진의도 이제는 알겠다. 등잔 밑이든, 처마 밑이든 우리는 소홀하게 대한 것으로부터 타격을 입는다는 뜻일 테다.

어쩌면 살면서 만나는 개똥들, 또는 개똥 같은 상황들은 정신 좀 차리고 살라는 신호일지도 모르겠다. 그걸 개똥의 쓸모라고 말하면 세상이 조금 덜 원망스럽다.

각자의 천국, 모두의 현실*

아름이와 나는 동갑내기이고, 아름이는 일란성 쌍둥이 중 언
니다. (둘은 정말 똑같이 닮았다.) 우리 셋은 고등학교 동창이기도 하
고 이십대 내내 알고 지낸 덕에 지금은 친구 이상으로, 가족처
럼 편하고 허물없는 사이가 되었다. 아름이의 쌍둥이 여동생(이
하 D라고 하겠다.)은 이미 2015년에 결혼해서 슬하에 두 돌을 맞은
첫째 딸 봄이와 이제 겨우 생후 1개월이 다 되어가는 둘째 아들
토리가 있다. 야무지고 똑 부러지던 D는 이제 친구가 아닌 누군
가의 아내, 며느리, 그리고 엄마로서의 삶을 꽤 능숙하게 해나
가고 있다.

우리 커플은 1, 2주에 한 번씩 D네 집으로 가서 아기를 보
고 수다를 떤다. 벌써 두 아이의 엄마가 된 D를 볼 때마다 '정
말 육아란 보통 일이 아니구나'라는 걸 매번 실감한다.

열 달 동안 제 몸에 아이를 품는 것이나 생살을 찢으며 한
생명을 세상에 내어놓는 출산의 고통과 수고로움이야 더 말할
것도 없다. 산후 호르몬 불균형으로 인한 감정 기복과 산후 우
울증, 온몸의 뼈마디가 어그러졌다가 제자리를 찾는 괴로움,

두 시간 간격으로 젖을 먹이기 위해 제대로 된 잠은 일찍이 포기해야 했고, 그 사이에도 모유 수유를 위해 유축을 하고, 기저귀를 갈고, 아기를 씻기고 달래는 D를 보면 문득 내가 알던 동갑내기 친구가 아니라 존경스러운 엄마의 자태가 엿보였다.

하필 일란성 쌍둥이라, 가끔 D의 피곤한 표정이나 지친 뒷모습을 볼 때 아름이의 모습이 오버랩되어서 내 마음이 더 짠했는지도 모르겠다. 엄마가 된다는 건 아름답고 거룩한 대의명분 이상으로, 지극히 일상적인 영역에서 더 많은 노력이 필요한 일이었다.

둘째 토리를 낳고 산후 조리원에서 나온 후 친정에서 몸을 푸는 동안에도 D의 생활이 편안해 보이지만은 않았다. 특히 이제 겨우 두 돌을 맞은 첫째가 상실감을 느끼지 않도록 하면서 동시에 눈도 제대로 뜨지 못하는 둘째를 온전히 보살핀다는 게 그랬다. 마냥 신나서 뛰고, 소리 지르고, 까르르 웃는 봄이의 즐거움과 행복이 토리의 스트레스가 되는 지점은 누구라도 풀기 어려운 딜레마였다. 때문에 봄이는 봄이대로 즐거움을 제지하는 어른들의 말에 상처받고, 토리는 토리대로 불안정한 환경에 지쳐갔다. 엎친 데 덮친 격으로 봄이는 감기로 콧물이 줄줄 흐르고, 산모인 D의 컨디션도 그리 좋지 않았다.

여차여차해서 결국 부산의 자기 집으로 돌아간 D가 며칠 뒤 아름이에게 전화를 해서는 청천벽력 같은 얘길 전했다. 둘째 토리가 신생아 중환자실에 입원했다는 거다. 병원에선 극

심한 스트레스로 갑상선 수치가 높아지고, 감기 기운까지 있어 어쩔 수 없었다고. D는 자기 몸도 온전치 않으면서 모든 게 제 잘못인 것만 같다면서 울었다. 그렇게 정신없는 중에 설 연휴가 닥쳤다. 원래 D와 함께 있기로 했던 봄이는 시부모님과 남편이 데리고 친척 집으로 향했다. 토리는 일주일이 넘는 입원 기간 동안 하루 한 번, 30분 정도 면회 때만 볼 수 있었다. D는 아픈 가슴을 부여잡고 설 연휴 동안 집에 혼자 남게 됐다.

그 과정의 서러움이나 긴박함에도 불구하고, 그래도 다행스러운 것은 봄이와 토리, 그리고 D 모두 각자의 방식으로 심신을 회복할 수 있다는 점이었다. 봄이는 시부모님과 친척 어른들의 사랑을 듬뿍 받으며 친척 집을 순회하고 있었다. 보고 싶어서 영상 통화를 걸었더니 "엄마!" 외치고는 논다고 정신없이 달려갔단다. 토리는 갑상선 수치가 떨어지고, 감기 기운도 나아졌을 뿐 아니라 살까지 포동포동 오르고 있었다. D는 두 아기가 없는 집에서 참으로 오랜만에 방해받지 않는 휴식을 취했다. 모유 수유를 위해 미역국을 꼬박꼬박 챙겨 먹고, 잠도 푹 잤다. 설 연휴 동안 D의 집에서 하루를 보내고 돌아온 아름이는 내게 "어떻게 하다 보니 봄이, 토리, 그리고 D는 잠깐이지만 각자의 천국을 보내고 있는 것 같아"라고 말했다. 각자의 천국. 멋진 표현이라고 생각했다.

각자 만족스럽게 휴식을 취하고 심신을 회복하는 며칠의 시간. 그 시간을 '각자의 천국'이라고 부를 수 있다면, 그러니까 그걸 '천국'이라고까지 할 수 있다면, 문장 그대로 그냥 그렇게 살면 될 것만 같다. 누군가는 내세의 천국 입성을 위해 현세의 모든 에너지를 쏟기도 한다는데, 그리 손쉽게 얻을 수 있는 천국이라면 말이다. 하지만 우리는 모두 안다. 그런 '각자의 천국'이란 건 봄이도 토리도, 그리고 D조차도 궁극적으로 원하는 것이 아니라는 걸.

지금의 휴식과 지금의 편안함, 그 천국 같은 시간에도 불구하고 두 아기에게는 엄마인 D가 필요하다. 아무리 자유가 즐거워도 그건 D가 두 아기를 내팽개치고 저 혼자 살아가고 싶다는 뜻은 절대 아니다. '각자의 천국' 속에서도 그들은 어쩔 수 없이 '모두의 현실'을 그리워하게 될 것이다. 그 '모두의 현실'은 '각자의 천국'보다 고되고, 우울하고, 막막할 것이 분명하다. 그래도 천국이 아니라 현실을 택하는 이유는, 현실 속에서 고군분투하며 수지 안 맞는 행복을 좇는 이유는, 현실의 것들이 더 소중하기 때문이다. 그렇다. 우리는 소중한 것들 때문에 현실을 산다. 소중한 것이 많은 사람일수록 강하다.

설 연휴가 몇 시간 남지 않았다. '각자의 천국'도 막을 내리고 D는 다시 아내, 며느리, 그리고 엄마로서 서로 부대끼는 '모두의 현실'을 시작할 것이다. 조만간 아름이와 D의 집에 놀러 가서 아기들을 돌보고 맛있는 걸 먹으면서 수다를 떨고 싶다. 할 수만 있다면 아직 말귀를 완전히 알아듣지 못하는 봄이와 목도 가누지 못하는 토리에게, 너희들이 얼마나 소중한 존재인지 알려주고 싶다. 너희 엄마는 바로 너희들을 위해서 천국보다 현실을 선택했다고. 엄마에겐 천국보다 귀한 존재들이 바로 너희라고.

그러면서 나도 어렴풋한 기억을 보듬을 수 있다면 더 좋겠다. 나의 부모님도 각자의 천국 대신 모두의 현실을 살아냈겠구나, 나도 한때 천국보다 귀했던 시절이 있었겠구나, 하고.

'모두의 현실'은 '각자의 천국'보다 고되고, 우울하고, 막막할 것이 분명하다. 그래도 천국이 아니라 현실을 택하는 이유는, 현실 속에서 고군분투하며 수지 안 맞는 행복을 좇는 이유는, 현실의 것들이 더 소중하기 때문이다.

좋다는 게 대체 뭐야*

당연하다고 생각했던 단어의 뜻이 문득 어지럽게 흩뿌려질 때가 있다. 사랑을 다 겪어보기 전에 사랑한다는 말을 먼저 배우고, 충분히 고통스러웠던 적 없이 힘들다는 말을 먼저 배운 탓이다.

아직 초등학교 저학년일 때, 학교 마치고 집으로 돌아와 이런저런 일들을 조잘대던 중에 엄마에게 "엄마, OO은 진짜 좋은 친구야"라고 했던 적이 많다. 뭐, 별다른 뜻이 있었겠는가. 단지 그 친구가 좋다는 뜻이었을 것이다. 아마도 나에게 희귀한 딱지를 줬거나, 학교 앞 문방구에서 팔던 불량식품을 사다 줬거나 하는 정도의 호의 때문이었겠지. 아무튼 엄마에게 그런 얘기를 한 적이 있는데, 엄마는 대뜸 "빈아, 어떤 친구가 좋은 친구일까? 좋다는 건 뭘 얘기하는 건데?"라고 물어보셨다. 어린 나이의 나에게 그건 어려운 질문이었다. 아니 생소한 질문, 이상한 질문이었다. 좋다는 게 뭐냐니 엄마, 좋은 게 그냥 좋은 거지.

장롱 아래 깊숙이 들어가 있던 먼지 덮인 퍼즐 조각처럼, 겨우 뜨문뜨문 이어지는 십수 년 전 기억의 조각을 이제 와 되짚어보는 이유는 서른이 되어서도 엄마의 그 질문에 정말 답하기 어렵다는 걸 새삼 실감하기 때문이다. 좋다는 건 대체 뭘까. 좋은 사람이라는 건.

이런 생각을 하기 시작하면, 수십 번 읽었던 소설책을 다시 처음부터 전혀 다르게 읽어내야 하는 것 같은 어지럼증이 느껴진다. 당연하다고 생각했던 단어들의 뜻이 온통 의문스러워지는 것이다. 거창하게 무슨 철학적 사유를 하자는 게 아니라 정말 생활의 차원에서 궁금해지기 시작한다. 나는 좋은 사람이 되고 싶었는데, 좋다는 게 뭔지도 모르고 살았다면.

요컨대, 어떤 단어의 정의란 결국 뿌리의 아주 일부분만 공유될 뿐, 사람마다 다른 방향과 방식으로 뻗어나가는 가지인 것 같다. 해서, 내가 나의 방식으로 좋은 사람이어도 누군가에겐 죽일 놈일 수도 있고, 내가 나의 방식으로 하는 정성 어린 사랑이 누군가에겐 고통과 절망일 수 있다는 것. 그런 까닭에 언제까지고 함부로 '안다'라고 말할 수 없는 것. 결국 살아보는 수밖에 없는 것.

복권 당첨 운 같은 건 전혀 없지만, 예전부터 인복이 많은 덕에 늘 주변에 좋은 사람들이 많았다. 가족과 아름이, 친구, 선후배는 두말할 것도 없고 내가 거쳐온 미래인 교육, Befm 부산영어방송재단, 그리고 지금도 프리랜서 작업을 하고 있는 칸투칸까지 다들 좋은 사람들이라 늘 감사하다. 하지만 다시 앞으로 돌아가서, 아니 그래서 대체 '좋다'는 게 뭔 뜻이냐고 내게 물어도 여전히 대답하기는 어렵다. 그냥 겪어보니 그렇다는 것이다. 살아보니, 서로 다 다르지만 또 다 좋기도 하다는 것이다.

나이 들수록 단언하는 말이 줄어야 한다는 이유를 조금은 알 것 같다. 자신만만하게 내뱉은 내 오만한 말들이 정말 좋은 사람들의 가슴에 비수로 꽂힐 수도 있으니까. 그리고 아주 작은 소망 하나를 보태자면 나도 누군가에게 좋다는 게 뭔지, 왜 좋은지 설명할 수는 없지만 그냥 겪어보니 좋은 사람으로 남을 수 있기를.

참 어렵다, 어른

나는 아주 어릴 적부터 어린 동생들과 함께였다. 초등학교 입학 전, 나보다 3살 쯤 어린 친척 여동생을 우리 집에서 돌봐준 것이 시작이었다. 내가 8살 되던 해에는 늦둥이 남동생 경인이가 태어났다. 나도 겨우 양치질이나 제대로 할까 싶은 나이였는데, 나름으로는 하나뿐인 동생이라고 꽤 아꼈던 것 같다. 기저귀도 갈아주고, 분유도 타서 먹이고, 안아서 어르고 달래며 재우기도 했다.

그 뒤로도 이상하리만치 우리 가족에게는 늘 어린아이들이 머물렀다. 전셋집을 몇 번씩 옮길 때마다 지원이, 우주, 도윤이…. 내 기억이 정확하다면 적어도 세 명이 넘는 아이들이 우리 집 거실에서 걸음마를 떼고, 부엌에서 간식을 먹고, 베란다에서 물놀이를 했다. 게다가 7남매 중 맏이인 엄마 덕에, 외사촌 동생들이 여태 우리 집을 들락날락하며 자라왔다. 독립한 후 나는 2년 넘도록 초등학생 글짓기 과외를 하고 있고, 매주 아름이의 쌍둥이 여동생 D의 집에 가서 두 아기들과 반나절을 보낸다. 이쯤 되면 내 사주에도 어린아이들과 관련된 뭔가 있는 것이 분명하다.

이렇게 내 인생의 거의 모든 순간을 아기들과 아이들, 통칭해서 '어린이'들과 가깝게 지내다 보니 오히려 괜찮은 '어른'의 모습을 고민하게 됐던 것 같다. 친구들끼리 있을 때는 거친 말을 막 내뱉다가도, 어린이 앞에선 고르고 고른 점잖은 단어들만 사용하게 되니까. 나의 안 좋은 버릇들을 여지없이 따라하는 어린이 앞에선, 옛말처럼 물도 함부로 마실 수가 없는 법이니까. 어린이 앞에선 뭔가 어른스러워야 한다는 생각이 늘 꼬리표처럼 따라 붙는다.

어린이와 어른. 얼핏 닮은 듯한 두 단어 사이의 간극은 흐르는 세월만으로는 다 채워지지 않는가 보다. 애늙은이라든가 나이를 거꾸로 먹은 어른이라든가 하는 표현이 있는 걸 보면. 그렇게 뭔가 잘 와 닿지 않을 땐, 우선 사전적 정의부터 찾아보는 것이 속 편하다. 복잡다단한 세상만사를 한 문장, 한 문장으로 정해둔 게 사전이니까. 왠지 사전을 보고 있으면 삶이 단순해지는 기분이 든다.

어린이의 사전적 정의는 '어린아이를 대접하거나 격식을 갖추어 이르는 말. 대개 4, 5세부터 초등학생까지의 아이'이다. 이 명료한 정의 앞에서 적어도 올해 서른의 내가 어린이가 아닌 것만은 확실해졌다. 어린이의 어원을 살펴봐도 딱히 의문스러운 점은 없다. 과거 '어리다'의 의미가 '어리석다'에서 '나이가 어리다'로 변화하면서 '어리다'의 관형형인 '어린'과 의존명사

'이'가 합쳐져 '어린이'라는 합성어로 자리 잡았다. 어쨌든 나는 어린이가 아니다.

반면 어른에 대해서는 사전적 정의를 살펴봐도 여전히 의문스럽다. 어른의 사전적 정의는 다음과 같다. '다 자란 사람. 또는 다 자라서 자기 일에 책임을 질 수 있는 사람. 나이나 지위나 항렬이 높은 윗사람. 결혼을 한 사람.' 하나하나 따져보자. 생물학적 성장이 멈췄다는 점에서 나는 '다 자란 사람'이긴 하다. 그러나 자기 일에 온전히 책임을 질 수 있는가 하면, 그건 좀 애매하다. 책임지며 살기 위해 노력하지만, 때때로 무력하고 무책임할 때도 있었다. 나이나 지위나 항렬은 상대적 개념이니 너무 가변적이고, 아직 미혼인 걸 보면 또 어른이 아닌가 싶기도 하다. 사전적 정의를 몇 번 곱씹어 읽어봐도, 나는 내가 어른인지 확신할 수가 없었다.

어른의 어원은 다소 원초적이기까지 했다. 여러 설들이 있지만, 과거 '성관계를 맺다'는 의미를 지녔던 '어르다(어루다)'가 그 뿌리라는 것이 통설이다. 어느 정도 나이가 차면 결혼을 하고 부부관계를 맺을 때가 오는데 그러면 비로소 어른으로 봐도 된다는 의미를 담고 있다. 경험 있는 청소년의 첫 성관계 연령이 13세라는 조사가 발표되고, 비혼주의가 공공연한 요즘 시대에는 전혀 와 닿지 않는 어원이다.

사실 생활의 풍화작용을 거치며 깨닫는 어른이란 건, 꽤 냉소적이고 건조한 느낌이었다. 꿈, 희망, 정의 따위에 대해 코웃음 칠 수 있는 사람. 체념을 신체의 일부처럼 받아들일 줄 알고, 무탈한 하루를 보내는 것으로 충분하다고 믿는 사람. 적어도 제 밥벌이는 스스로 해결할 줄 알고, 그러기 위해서 가끔 교양 없고 교활해지는 것도 어른스러움이라고 퉁칠 줄 아는 사람. 하고 싶은 일보다 해야 하는 일을 선택하는 그런 사람, 그런 어른.

그래서일까, 내가 아는 그런 어른이 되고 싶지 않아서 자꾸만 나는 철이 없다. 철도 없고, 돈도 얼마 없다. 하고 싶은 일을 놓지 못해서 나이 서른에 택배 일을 하며 글을 쓴다. 남 얘기였을 땐 '열정의 아이콘'처럼 멋있어 보였던 생활도 정작 내 것이 되고 보니, 매일이 그저 최선일 뿐이다. 멋있을 것도, 드라마틱할 것도 하나 없는 묵묵한 최선의 일상. 무엇보다도 이런 글을 적고 있다는 것부터가 아직 어른이 아니라는 반증이다. 자꾸 모르겠다, 모르겠다는 말만 반복하고 있으니까.

그래도 나는 서른이고 얼마 가지 않아 서른하나, 서른둘이 될 테니까 잘 모르겠다며 어른이 되는 일을 미루고만 있을 수는 없다. '나름의 방식으로 어른을 정의하고, 그런 어른이 되기 위해 노력해야 하지 않을까'라고 말하며 긴 한숨을 내뱉는다. 내뱉었던 한숨의 부피가 성장의 증거라면, 나는 이미 다 늙은 노인이지 않을까. 내가 내 삶을 나답게 산다는 거, 스스로에게 어른다운 어른이 된다는 거, 참 어렵다. 참 어렵다, 어른.

나름의 방식으로 어른을 정의하고, 그런 어른이

되기 위해 노력해야 하지 않을까'라고 말하며 긴

한숨을 내뱉는다. 내뱉었던 한숨의 부피가 성장

의 증거라면, 나는 이미 다 늙은 노인이지 않을까.

내가 내 삶을 나답게 산다는 거, 스스로에게 어른

다운 어른이 된다는 거, 참 어렵다.

참 어렵다, 어른.

그릇 빚는 사람*

아름이는 대학교의 학부 사무실에서 조교로 근무하는데 전공 교수님들 중, H 교수님 덕에 요즘 행복 바이러스를 얻어온다고 했다. H 교수님은 삼십대 후반의 여자 교수님이신데, 미국에서 대학을 나와 싱가포르에서 교수로 지내시다가 지금의 대학으로 오셨단다. 얘길 들어보면 소소한 즐거움을 아는 분이신데, 특히나 '먹는 것'에서 행복을 느끼시는 것 같았다. 그중 '망개떡 에피소드'는 전해 듣는 나까지 묘한 행복감에 젖게 만든다.

신년 새 학기를 준비하면서 학부 사무실 직원과 전체 학부 교수님들이 점심 직후에 간단한 간담회 자리를 가졌는데, 학교 인근의 떡집에서 주문한 망개떡을 주전부리로 준비했었단다. H 교수님은 그 망개떡의 맛에 폭 빠져서, 간담회 내내 망개떡의 출처를 궁금해하다가 간담회가 끝나자마자 아름이에게 물어 떡집 위치를 알아냈다.

당일 강의와 연구 내내 퇴근 후 망개떡을 사먹을 생각에 부풀어 있다가 퇴근하자마자 그 떡집으로 달려갔는데, 예상보다 떡 가격이 좀 셌나 보다. 한가득 사려던 H 교수님은 딱 망개떡

4개만 사서 품에 꼭 안고 집으로 향했다. 남편이 퇴근할 때까지 그 망개떡을 보며 침만 꼴딱 삼키다가 밤늦게 퇴근한 남편과 2개씩 나눠 먹었는데, 그 순간이 어찌나 행복했던지 앞으로 H 교수님의 '힐링 푸드' 0순위에 망개떡이 올랐다는 귀엽고도 소박한 이야기.

듣는 내내 장면, 장면이 눈에 떠올랐다.(심지어 난 H 교수님을 뵌 적도 없는데!) 사실 처음엔 교수라는 직업이 망개떡 정도에 일희일비하기엔 다소 거창한 직업이 아닌가 싶기도 했다. 하지만 망개떡 에피소드를 들으면서 H 교수님에게 인간적인 애정이 느껴지면서도, 한편으론 나도 모르게 편협하고 자격지심에 찌들어 있던 '나라는 사람의 그릇'을 발견할 수도 있었다.

사람의 그릇, 하니까 태어나 처음 사주를 보러간 역학원에서 들었던 말이 생각난다. "선생님은 평생에 운은 없습니다. 뭐든 날로 먹을 사주는 아니라는 겁니다. 대신에 열심히 하면 하는 만큼 보상을 받습니다. 한마디로, 대기만성형이라는 거지요." 아버지뻘 되시는 역학원 원장님께서 꼬박꼬박 나를 '선생님'으로 칭해주시는 친절에 감사하면서도 '평생에 운이 없다'는 말에는 솔직히 좀 좌절했다. 30년 살아오면서, 경험으로 어렴풋이 느끼고는 있었지만 부정해온 사실에 못 박히는 기분이 들어서. 아무튼 열심히 살아야겠단 생각을 했다.

'대기만성형'이라고 하기에, 열심히 내 그릇을 키워봐야겠다는 생각은 해왔다. 그런데 아름이에게서 H 교수님 얘기를 듣고

문득 예전에 썼던 표현이 떠올랐다. '행복의 잔, 절망의 솥.'

예전엔 '사람의 그릇'이라고 하면 스스로가 그릇이 되는 이미지를 떠올렸다. 그런데 다시 생각해보면 우리는 그릇이 아니라 그릇을 빚는 존재들이어야 하는 거 아닐까. 가령 '대기만성'이라고 할 때, 그릇이 크고 깊고 넓어서 좋은 점도 있겠지만 오히려 불편하거나 불리한 점도 있지 않을까. 살면서 한 번도 '꽉 채워지는, 막 차고 넘치는' 그런 경험을 못할 수도 있으니까.

그래서 나는 그릇 대신, 그릇을 빚는 사람이 되어야겠다고 다짐했다. 특히 억수 같은 절망에도 쉽게 무너지지 않고 사소한 한 줌 행복에도 기쁨과 감사함이 흘러넘칠 수 있도록, 행복의 그릇은 작은 잔으로, 절망의 그릇은 커다란 솥으로 빚는 사람. 그럼 내 옆에 아무리 큰 절망이 다가와도 흔들리지 않고, H 교수님의 '망개떡 에피소드'처럼 정말 작은 행복을 전해 듣기만 해도 행복의 잔이 한가득 흘러넘칠 수 있겠지. 벌써 서른, 이제 어떤 그릇을 어떻게 빚을지도 고민해봐야겠다.

욕심

경제적인 관점에서, 나는 인간관계의 수완이 좋은 편은 아니다. 이러나저러나 한데 모여 지내던 중고등학교 시절에야 반장이나 학생회장 따위를 해대며 스스로를 외향적이라고 여겼지만, 서른이 된 지금 내 주위를 살펴보면 그건 명백한 착각이었다. 학연이나 지연 같은 명분으로 묶인, 광범위하면서도 적당히 느슨한 인간관계를 관리하는 일에 대해 나는 거의 무능하다고 해도 될 정도다. 좋게 말해 좁고 깊은 관계들만을 가졌다고 할 수도 있겠다.

그게 꼭 나쁘지만은 않다. 적어도 나에게는 잘 어울리는 방식이니까. 언제고 반갑게 만나 속내를 다 털어놓을 수 있는 몇 안 되는 친구들과, 그만큼은 아니지만 서로 호의를 가진 채로 관계를 유지하는 많은 사람들. 그리고 내 존재를 있는 그대로 사랑해주는 아름이면 충분했다. 서른 즈음의 인간관계란 다 그렇고 그런 게 아닐까, 하는 어쭙잖은 자기위로를 하면서.

하지만 살다 보면 지금보다 더 가까워지고 싶은, 매력적이고 멋진 사람들을 만나게 된다. 왠지 나랑 잘 맞을 것만 같은 사람. 함께 있으면 자극이 되고 활력을 불어넣어줄 것만 같은 사람. 왜 예전에 친해지지 못했을까 후회되는 그런 사람들. 내게는 그런 후배들이 있고, 그런 대학 동기들이 있다. 그런 선배들도 있고, 우습지만 그런 연예인들도 있다. '아, 저 사람은 왠지 알고 지내고 싶어.' 그러면서 TV를 보곤 하는 것이다.

그럴 때 내가 그 사람들과 맺고 싶은 관계란, 일면 단순해 보이지만 사실 이기적이다. 나는 우리가 어느 카페에 앉아 서로 별 대화도 없이, 독서라든가 스마트폰을 본다든가 하는 각자의 할 일에 몰두하더라도, 심지어 그러다 어떤 주제에 대해서 갑작스러운 이야기를 시작하게 되더라도 편안한 그런 관계가 되길 바란다. 특별히 자주 연락을 한다든가, 서로 애틋해한다든가 그런 게 아니라 말이다.

이런 바람이 이기적인 이유는 간단하다. 사실 그런 관계란 무수히 많은 시행착오와 다툼과 오해를 겪은 이후에나 찾아오는, 빗대자면 세월의 풍화작용을 견뎌낸 지형 같은 것이니까. 그런데 그 험난한 과정은 모조리 생략하고서 편안하고도 견고한 관계만을 원하는 거니까. 쉽게 말해 지나친 욕심인 셈이다.

더구나 이제와 구태여 노력해보는 건 조심스럽다. 인위적으로 어떻게 해보려는 속셈은 아무리 호의적이더라도 자연스레 스미는 진심보다 못하다고 믿기 때문이다. 지금 내 곁의 소중한 인연들 역시 작정하고 만든 것이 아니니까.

해서 그런 사람들은 마음으로만 반가워하고 응원하며 지낸다. 언젠가 각자 삶의 경로가 겹치는 순간들이 와서 자연스레 가까워지길 바라면서. 그래도 속으로만 좋아하기 아쉬울 땐 SNS에서 좋아요를 누르기도 한다. 이 정도는 욕심도 아니잖아, 하면서. 당신들도 실은 조금 더 친해지고 싶은 게 아닐까, 하면서. 그러다 결국은 내가 과연 친해지고 싶을 만한 인간이긴 할까, 이것도 결국 욕심일까, 하면서.

시간이 약이라는 말

시간이 약이라는 말은 거의 대부분 들어맞는다. 식음을 전폐하고 종일 울어야 한데도, 어쨌든 그저 버티며 시간을 복용하기만 하면 어느 날 문득 통증이 덜한 순간이 찾아오긴 하니까.

시간이란 건 이를테면 아스피린이나 타이레놀쯤 되는 진통제라고 볼 수 있다. 삶의 상처가 타박상이라면 멘소래담, 안티푸라민, 호랑이 연고쯤 되겠지. 만병통치약은 아니지만 실용적이고 범용적인 처방이다. 그러니 우리가 두통이 심한 친구를 위해 타이레놀을 사다 주는 것처럼, 누군가의 미열과 가벼운 통증에다 대고 '시간이 약이야'라는 말을 하는 건 그런 대로 고마운 일이다.

하지만 누구나 알 수 있을 만큼 심각한 상처, 예를 들어 암이라거나 교통사고, 혼절 같은 상처에다 대고 함부로 시간이라는 약을 처방하는 건 다른 문제다. 타이레놀로 암을 치료할 수 없고, 살점이 다 파여 뼈가 드러난 상처에 멘소래담을 뿌려선 안 되는 것처럼. 그건 오히려 무관심과 무책임에서 비롯된 돌팔이 짓에 가깝다.

부디 우리 인생이 시간이라는 약만으로 충분한 것이었으면 좋겠다. 며칠 앓아 눕고 검푸른 멍 자국을 견디기만 하면 되는, 딱 그 정도의 상처와 통증만 있었으면. 하지만 살다 보면 누구나 죽고 싶을 때가, 또는 누굴 죽여버리고 싶을 때가 있다. 시간보다, 사람이라는 약이 서로에게 더 필요한 이유가 아닐까. 시간은 흘러가버려도 사람은 남을 수 있으니까. 사람이 남아 있던 자리에는 늘 얼마간의 온기가 머무니까.

　누군가의 상처가 얼마나 심각한지 짐작할 수 없을 때에는, 시간이 약이라는 말보다 그저 곁에 머물러줄 수 있는 편이 좋겠다. 묵묵하고 다정하게. 따뜻하게.

지푸라기라도

　지푸라기라도 잡고 싶다는 사람에게 자꾸 지푸라기를 내어 주며 생색내는 사람들이 있다. 가난해도 행복하고 싶다는 사람에게 먼저 가난하기를 강요하는 사람들도 있다. 그런 사람들을 많이 겪다 보면, 절박함에서 나온 겸손이나 겸양은 개나 줘버리게 된다. 내가 잡고 싶은 건 지푸라기가 아니라 튼튼한 동아줄이라고. 혹 가난하더라도 행복할 수 있길 바란다는 거지, 가난하길 바랐던 게 아니라고.

잔병치레

크게 아팠던 적은 없지만, 자질구레한 잔병치레를 꼬박꼬박 챙기는 편이었다. 이를테면 감기라든가, 눈병이라든가, 배탈이라든가.

그런 잔병들은 신기하게도 학교에서 더 심해져서, 최대한 핼쑥한 얼굴로 조퇴 허락을 받으러 갔다. 선생님들은 가끔씩 조퇴를 바라는 그 속내를 다 알면서도 모르는 척 보내주기도 했다. 세상에 나만 빼고 모든 학생들이 학교에서 수업을 듣고 있을 때, 교문을 나서면 새삼 평일 오후의 평화로움에 감탄하게 된다. 그리고 집으로 가는 동안 거짓말처럼 아픔은 사라졌다. 감기도, 눈병도, 배탈도.

그럼에도 그 시절을 꾀병이라 부르는 대신 잔병치레라 하고 싶은 건, 적어도 학교에선 진짜 아팠기 때문이다. 거짓이 아니었다. 조퇴하고 나서 나아진 것도 사실이다. 거짓이 아니었다. 다만 그 시절엔 마음만으로도 아프거나 아프지 않을 수도 있다는 걸 몰랐을 뿐. 사실 잔병치레는 마음을 앓는 일이 대부분이라는 걸, 그 시절엔 몰랐을 뿐.

내려가는 일

군대에서 기지 외곽 순찰을 돌 때, 유난히 경사가 급하고 길이 험한 대공 순찰로('로'라고 부르기도 힘든 수준이었다.)가 있었다. 오르다 보면 자주 발을 헛디디고, 그럴 때마다 크고 작은 돌멩이들이 비탈길을 따라 속수무책으로 굴러 내려갔다. 그 돌멩이들은 점점 가속도가 붙다가, 가지치기 해둔 나무 더미에 이르러서야 겨우 멈추었다.

흔히 고된 삶을 '오르막길을 오르는 것'에 빗대곤 한다. 하지만 그 비탈진 순찰로에서 굴러 내려가는 돌멩이들을 보면서 나는 '어쩌면 삶이란 저렇게 굴러 내려가는 것 아닐까'라는 생각이 들었다. 마치 누가 툭 밀어버려서 시작된 삶처럼.

"잠시만 여긴 꽤 중요한 지점이니까 멈춰봐, 좀 천천히라도 가주면 안 될까?"

그렇게 말해봐도 시간은 무심히 흐르고, 삶은 귓등을 때리며 굴러 내려간다.

오르는 일이 높은 곳의 값진 것을 얻는 일이라면, 내려가는 일은 스치는 모든 것이 소중해지는 일이다. 서른의 나이에, 나는 얼마나 많은 것들을 스쳐 지나갔을까. 그렇게 스치며 소중해진 것들의 귀퉁이에는 내 이십대의 피가 조금씩 스며 있다.

온기는 전해주는 것[*]

내 나이가 한 자릿수에서 두 자릿수가 되던 해에 나는 한 가지 다짐을 했다. 아무리 추운 겨울이 오더라도, 그래서 내 가랑이 사이에 고드름이 얼더라도, 절대 내복은 입지 않으리라. 반면에 아버지는 가을께부터 내복을 꺼내 입으신다. 겨우 열 살짜리 꼬마의 눈에 아버지의 낡은 내복 차림은 늘 초라해 보였다. 그 후로 20년 동안 나는 정말 단 한 번도 내복을 입지 않았고, 아버지는 내내 내복을 입으셨다. 아마 지금 이 순간도.

본가에서 나와 독립한 후로, 요즘은 한 달에 겨우 한 번 아버지를 볼까 싶을 정도로 물리적 거리가 멀어졌다. 가끔 본가에서 만나면 우리 부자는 주로 목욕탕에 간다. 별다른 말없이도, 맛있는 음식 없이도, 다 벗고 만나 서로의 등을 밀어주는 것만으로도 충분한 곳. 그래도 함께 사우나에 앉아 땀을 뺄 때면 이런저런 근황을 주고받는다. 우리는 서로 각자의 고충과 아픔을 갖고 있으면서도, 늘 마지막 말은 "괜찮아요, 괜찮다"로 끝난다.

아버지는 무릎이며 어깨며 관절들이 영 시원찮은 상태다. 한때 이소룡 같던 아버지의 몸은 성룡에게 취권을 전수하던 노인의 몸을 닮아가고 있다. 무뚝뚝한 아들놈이라 해도 그런 몸을 곁에 두고 앉으면 괜히 한숨이 나오고 죄송스러워진다. 그런 내 속내를 알아채신 건지, 아버지는 그럴 때마다 "어허, 이런 거는 다 별거 아니야. 괜찮어. 나이 들면 찾아오는 손님 같은 거니까. 문전박대하려고 해봐야 집 대문만 상하거든. 받아들여. 받아들이고 같이 살아간다 생각하면 다 괜찮어"라고 말하신다.

당연한 것을 당연하게 받아들이는 일은 얼마나 어려운가. 노화를, 노화로 인한 신체의 병약함을, 사람은 언젠가 그렇게 되고 마는 존재라는 것을. 더 나아가 당연한 것이 당연해지기 위해 아버지는 혼자만의 설움을 얼마나 속으로 삭였을 것인가. 한 가정을 이끌어가기 위해서 그는 얇아진 팔다리로 버텨냈다. 박목월 시인이 그의 시 「가정」에서 걸었다던 굴욕과 굶주림의 추운 길을 걸어왔다. 아버지의 삶이란 건 늘 따뜻함이 필요했던 게 아닐까. 그리고 그런 아버지가 때 이르게 입어온 내복을, 나는 초라하다 여겼던 것이다.

내가 아버지에게서 얻은 깨달음 중 하나는 '온기는 전해지는 것'이라는 점이다. 다시 말해, 우선 내가 따뜻해야 남에게도 그 온기를 전해줄 수 있다는 의미다. 아버지는 겨울이 되면 늘 주머니에 손을 넣고 다니신다. 반가운 사람의 손을 잡아 데워주려고. 그러고 보면 아버지의 내복은 그의 외투 주머니처럼 다정했다.

목욕을 끝내고 나와 아버지와 나는 각자의 삶을 닮은 각자의 옷을 입었다. 엉덩이와 무릎이 죄 늘어난 초라한 내복이 새삼 달라 보였다. 지난 20년 동안 시절은 달라졌는데 아버지의 내복만 그대로다. 기왕이면 내복보다 더 따뜻한 걸 입으셨으면 좋겠다는 생각이 들었다. 두툼한 오리털 파카에 비해 펄럭이는 면바지는 너무 빈약했다. 아버지의 다리가, 그 삶이 더 따뜻해지길 바라는 내 마음에는 그 온기를 얻어먹고 살아온 아들의 빚도 얹혀 있다. 올 겨울엔 내복 대신, 톡톡하고 따뜻한 바지를 선물해드려야겠다.

당연한 것을 당연하게 받아들이는 일은 얼마나 어려운가. 노화를, 노화로 인한 신

체의 병약함을, 사람은 언젠가 그렇게 되고 마는 존재라는 것을. 더 나아가 당연한

것이 당연해지기 위해 아버지는 혼자만의 설움을 얼마나 속으로 삭였을 것인가.

틈새

금련산을 오르다 보면 숨을 고를 때마다 평화를 선물하는 장면들이 있다. 청설모가 마른 나뭇잎 위를 뛰어가는 소리, 딱따구리가 나무줄기를 쪼는 소리, 나뭇잎을 성대 삼아 내는 바람의 수다, 제멋대로 우거진 나뭇가지 사이를 비집고 내려앉는 몇 줄기의 햇살.

내가 좋아하는 이규리 시인의 「공중무덤」이라는 시에 이런 문장이 있다.

나무 환해서 그 내부는 고열,

나무 환해서 그 뒤는 적막,

이 문장이 좋아서 한때는 참 오래 곱씹기도 했다. 너무 환한 빛이란 그런 거지. 너무 환해서 바라보기도, 견디기도 힘들고, 그 뒤는 너무 적막이라서 허무한 것.

나무 사이, 그 틈새를 비집고 내려온 햇살을 보면서 '저런 빛이라면 바라보기도 좋고, 허무하지도 않겠다'는 생각이 들었다. 고열도, 적막도 아닌 빛. 무작정 탁 트인 빛보다 훨씬 간절하게 틈새를 비집고 들어온 빛.

　보통 사람들의 보람, 행복, 성공 따위가 꼭 저런 식으로 보기 좋았다.

　막막한 현실의 틈새를 부지런히도 비집고 빛을 내니까.

　그 간절함이 빛을 환하고 따스하게 만든다.

퇴근길

아무리 노력해도 해야 할 일이 깔끔히 마무리된 퇴근은 어렵다. 당장 내가 해결할 수 없는 거라 남겨둔 일, 하긴 해야 하는데 일단 좀 미뤄둔 일, 퇴근 30분 전에 갑자기 생긴 일. 시차 적응 못하고 제멋대로 튀어나오는 그런 일들 때문에 퇴근을 하고서도, 걱정이나 불안은 퇴근길 그림자처럼 길게도 늡는다.

회사일은 집에 가져오지 말고, 사적인 감정으로 업무를 대하지 말아야지. 아무리 다짐해도 쉽지가 않다. 원래가 쉽지 않은 일이니까. 하루가 저무는 낮과 밤의 경계에도 몇 시간의 저녁과 몇 분의 노을이 있는 법인데, 하물며 사람 마음에 가지런하고 명료한 경계가 있을 리 없다. 원래 어려운 일이고, 누구나 겪는 일. 그러니까 자책하지 말아야지. 아직 남은 일들을 뒤로 하고 우선 나서보는 퇴근길. 그래도 고단했던 내 하루는 무사히 끝내야지. 가지런히 마무리해야지.

다들 커피 한 잔, 맥주 한 잔 정도는 괜찮은 퇴근길이었음 좋겠다. 태양도 밤이 되면 곤히 잠드니까. 밤엔 달빛도, 별빛도 잠잠하니까. 다들 오늘 하루, 수고 많으셨다.

기도의 자세

군이 종교가 없어도 대부분 사람들이 뭔가 간절히 바랄 때의 자세는 비슷한 것 같다. 두 손바닥을 맞닿게 하고, 눈을 감고, 고개를 겸허히 숙인다. 당장 내 손으로 해낼 수 없는 일을 바라는 인간이 그렇게 겸손한 자세를 취하는 건 어쩌면 당연한 걸까.

종교는 없지만, 기도의 자세만은 볼 때마다 마음이 숙연해진다.

아무것도 쥔 것 없이 두 손을 비우고 손바닥을 맞닿는 자세.

진심을 다한다는 건, 마땅히 그래야 한다고.

안부

그동안, 잘 지냈어요? 여전히 어른스럽게 모든 일들을 척척 해내며, 그렇게 살고 있겠죠? 심지어 그 시절에 우린 어른도 아니었고, 굳이 어른스러울 필요도 없었는데. 당신이 너무 어른스러우니까, 내가 새파랗게 어리다는 게 부끄러웠어요. 심지어 얼굴은 내가 훨씬 더 노안이었는데. 어쨌든 각자의 계절이 수십 번 바뀌는 동안 벌써, 문득, 이런 나이에 이르렀네요. 누가 봐도 어른이어야 할 어떤 나이에.

저는 잘 지내는 것 같아요. 예전보다 더 많이 사랑하고, 방황은 덜 하니까. 더 많이 움직이고, 덜 먹으려고 노력하니까. 더 어른이 되려고 하면서도, 덜 지루해지려고 노력해요. 요즘은 그래도 꽤 어른스러워진 것 같은데 가끔 '예전에 당신이 이런 기분이었을까' 하는 생각이 들기도 해요. 어른스러워진다는 게 이런 걸까. 내가 좀 더 일찍 어른스러웠다면 어땠을까.

다 적고 나니 이것도 어른의 대화는 아니네요. 캐묻는 건 어른스럽지 못하잖아요. 잘 지냈냐고 물었지만, 대답을 바란 건 아녜요. 그냥 던져본 거죠. 호수에 돌멩이를 던지듯. 돌려받지 못할 돌멩이를 던지고서 일렁이는 물비늘을 보는 것처럼요. 그럼 적어도 호수는 무사하다는 생각을 할 수 있고, 호수의 수심을 상상해볼 수 있고, 메마른 돌멩이의 갈증을 해소해줄 수 있잖아요.

무엇보다도 돌멩이 때문에 호수가 사라졌다는 얘긴 들어본 적이 없으니까. 이런 안부, 답을 바라지 않는 질문, 이런 작은 돌멩이는 얼마든지 괜찮다고 해줘요. 깊고 넓은 기억의 호수 같은 당신과 당신, 그리고 당신들.

체면

체면이라 카는 거, 그거는 진짜로 가성비가 좋은 기다. 가성비가 뭐꼬. 들이는 품에 비해서 얻는 결과가 더 풍성한 거를 가성비 좋다 안카나. 조금만 버려도, 사는 기 훨씬 편하고 자연스러워지는 것이 체면이다.

그렇다고 아무 체면이나 싹 다 버리고, 허허실실 바보가 되라는 말은 아이다.

체면에도 가짜 체면이 있고, 진짜 체면이 있다.

근데 가짜 체면은 버리는 편이 좋을 기다. 그거는 갖고 있으면 나를 자꾸 옭아매거든. 내가 가진 것보다 더 좋아 보이려는 기 가짜 체면인 기라. 나는 좋은 사람이 아닌데 좋은 사람처럼 보일라 카고, 나는 돈도 얼마 없는데 부자처럼 보일라 카는 거. 자기가 하는 일, 자기가 처한 상황에 최선을 다하지 않고 쪽팔린다는 생각만 하면서, 어떻게든 좀 있어 보일라 카는 거. 그런 체면이 가짜 체면이다.

진짜 체면은 절대 버리면 안 되제. 잃어버려서도 안 된다. 진짜 체면은 지금 내 모습을 있는 그대로 인정할 줄 아는 거, 더 나아가서 스스로를 부끄럽지 않게 여길 줄 아는 기 진짜 체면인 기라. 내가 나로서 지금 이렇게 사는 것에 대해서 '그래서 뭐 우짜라고?' 할 수 있어야 된다 카이. 그 정도 배짱, 그 정도 체면도 없으면 사람 구실 못하제.

가짜 체면은 갖기는 쉬운데 버리기는 어렵다. 근데 진짜 체면은 갖기가 어렵지, 한 번 갖고 나면 웬만하면 버려질 일이 없다. 진짜 체면을 가질라며는 최선을 다해서 살아야 된다이. 남한테 잘 보일라꼬 최선을 다하지 말고, 니 스스로한테 안 쪽팔릴 만큼 최선을 다해야 되는 기라. 그라고 나면 진짜 체면은 저절로 생긴다. 그래 살아본 적 없는 놈들이 가짜 체면만 주렁주렁 달고 산다 카이.

Part 3
글 짓는 자의 나날

보여주고 싶은 문장

한때는 시를 읽는 일도 유행을 따랐다. 문학에 관심이 없는 사람에겐 시에도 유행이 있다는 사실이 낯설지도 모르겠지만, 어느 분야에서나 시대를 이끄는 주류는 있는 법이니까.

갈수록 난해하기만 한 시들을 쫓아 읽었다. 그건 어울리지 않는 옷을 억지로 입는 수준을 넘어, 거의 옷을 입는 방법조차 모른 채 시들을 어깨에 쌓아두는 기분이었다. 대단한 상을 받았다고 하니 이 시가 좋은 시라는 건데, 도통 알 수가 없었다. '코드가 안 맞아서' 정도로 퉁 치기엔 자존심이 상했다.

우선은 시를 읽는 내 태도가 문제였다. 나는 늘 뭔가를 배우려 했다. 아니 좋게 표현해 그랬다는 것이지, 더 속되게 말하면 엿보고 훔치려 했다. 내 시에는 없는 빛나는 무엇인가를, 어떤 기술 같은 것들을, 그 문장들을. 그러다 보니 시를 온전히 즐길 수가 없었다. 그때의 내게 시집들은 마치 내 나이를 지나치게 웃도는 교과서 같았다. 답을 찾아내야만 하는, 그러나 답은 고사하고 문제의 의미조차 파악하기 힘든, 적어내는 것마다 오답뿐인, 그런 교과서.

그러다 보니 자연스레 시를 쓰는 태도도 바람직하진 않았다. 나는 시를 '잘 쓰고' 싶었다. 그건 '좋은 시를 쓰고 싶다'는 것과는 비슷해 보이면서도 완전히 다른 의미여서, 늘 불안하고 초라하고 억울했다. 잘 쓰고 싶다는 건 누군가에게 인정을 받고 싶다는 의미지만, 좋은 시를 쓰고 싶다는 건 스스로 행복해질 수 있기를 바란다는 의미니까. 시를 잘 쓰지 않아도, 그 시 덕분에 행복할 수 있다면 좋은 시 아닐까. 다행히도 지금, 서른의 나는 그렇게 믿으며 시를 읽고 쓴다. 덕분에 이제 내게 모든 시집들은 어떤 귀한 장면들을 모아둔 사진집 같다.

예전의 나는 시의 문장들을 품 안에 꽁꽁 숨겼다. 마치 알을 품은 닭처럼. 하지만 거기에선 아무것도 태어나지 않았다. 그저 곪은 내 자존감이 비릿하게 흘러 내 품을 더럽혔을 뿐. 지금의 나는 감명 받은 시의 문장들을 밖으로 자꾸 내어 보여주려 한다. 이 감동, 이 행복을 함께 누리고 싶어서. 시인이란 참으로 별것 아닌 사람들일 수도 있지만, 시의 문장들은 이렇게나 아름다울 수 있다고. 사람이란 제 존재보다 더 나은 걸 해낼 수 있다고.

오늘도 그렇게 보여주고 싶은 문장을 만났다. 이 시의 문장을 같이 읽고 싶었다. 안현미 시인의 「안개사용법」이다.

안개 핀 호숫을 건너 대백 이편으로 날아가는 시간을, 날아가 아들의 위에 놓이던 착한 물수건 같은 시간을, 그이의 위에서 안개처럼 파이오 부럽들, 그 비열들을 끌어안고 안개꽃이 되고 있는 저 여자 제 꼬리를 문 물고기 같은 여자 한때 나였던 저 여자 활엽수 같은 웃음소리를 지닌 저 여자…
—안현미 『이별의 재구성』 중에서

세상에는 '아픈 이마 위에 놓여질 착한 물수건 같은 시간'이라는 것도 있고, '활엽수 같은 웃음소리'도 있다는 걸 알고 나면, 어쩐지 삶이 조금은 다정해지는 것 같다.

괴로움이라도

사람들은 흔히 훌륭한 작품만이 고뇌와 번민 같은 정신적 피로를 동반한다고 오해한다. 졸작은 그에 걸맞은 무성의함만으로 만들어진 것이라고.

하지만 명작이건 졸작이건 진심을 다해 글을 써내는 동안 쏟는 고뇌와 번민의 총량은 크게 다르지 않다. 오히려 그렇게 써낸 글이 명작일 때보다 졸작일 때, 글쓰기로 인한 피로는 극에 달한다. 상상해보라. 목과 허리가 뻐근하고, 눈은 침침하고, 멀미 같은 두통까지 참아내며 글을 마무리 지었는데, 다시 읽어보니 이건 발음 연습용으로도 쓰지 못할 문장들뿐이라면. 정성스러운 개소리만 가득하다면.

그런 점에서 저마다 최선을 다하는 글쓰기 노동자들은(나의 경우 글은 취미라기보다는 생계를 위한 작업이므로 활동이 아니라 노동이 마땅하다.) 결과물의 성과와는 무관하게 얼핏 비슷한 총량의 괴로움을 감당해내는 것이 아닐까.

이렇게 생각해보면, 대작가의 작품은 흉내 내지 못했지만 그의 괴로움이라도 흉내 내본 것 같은 기분이 는다. 그리 개운

한 기분은 아니지만, 괴로움의 크기만큼 노력했다는 것만은 분명하다면서 스스로를 위로한다.

내게 글 짓는 자의 나날이란 보통 그런 식이다.

활자와 생활의 간격

무관심이 제일 무서운 거라든가, 안티 팬도 팬이라든가 하는 말들. 얼마나 쉽게 내뱉었던가. 정말 무서우리만치 적막한 무관심을 겪어본 적도, 극렬히 나를 미워하는 안티 팬도 가져본 적 없으면서. 백영옥 작가의 산문집 『곧 어른의 시간이 시작된다』에서 작가는 본인의 소설 『스타일』 발표 이후 극명하게 나뉜 평가들을 마주했던 기억을 이렇게 표현했다. 극찬과 악플을 연달아 읽어내는 것은 마치, 안전 바 없이 24시간 내내 롤러코스터를 타는 것 같았다고. 그 문장을 읽고 나서 내가 처음 든 생각은, 우습게도 "나도 그런 롤러코스터 한 번 타보고 싶다"였다.

나의 첫 시집인 『다시, 다 詩』가 세상에 나온 지 벌써 1년이 더 지났다. 아주 잠깐의 축하가 끝난 뒤 내 시집은(그리고 나는) 파티가 끝난 공터처럼 적막한 무관심 속에 살았다. 얼마 전 들렀던 교보문고에서는 사다리가 없으면 손도 닿지 않는 제일 위 칸에 꽂혀 있는 내 시집을 발견하기도 했다. 그제야 나는 실감했다. 무관심이 제일 무서운 거라든가, 안티 팬도 팬이라든가 하는 말들을.

어제는 기고 중인 로컬매거진 「하트人부산」의 호의로 부산 시민공원에서 작은 부스를 맡았다. 수동 타자기로 쓴 타이퍼 바트의 글귀를 전시하고, 내 시집을 팔았다. 10권 중 8권이 팔렸다. 아예 안 팔려도 괜찮다는 마음으로 갔기에 한 권, 한 권 구입하는 분들에게 나도 모르게 허리가 깊이 숙여졌다. 너무 감사해서. 너무, 너무 감사해서. 그 중 한 분은 내게 힘내라는 응원도 해주셨다. 어떤 분은 현금이 없다며 안절부절못하시더니 계좌이체까지 해가며 책을 사갔다. 어쩌면 책의 내용이나 표지가 아니라 내 얼굴에 새겨진 간절함을 먼저 읽었던 건지도 모른다. 아무튼 감사한 일이다.

나는 이제 내가 애정을 쏟은 것들이 무관심 속에 방치되는 서러움을 안다. 알고 있다고 생각했으나 살아보진 못했던 감정을, 비로소 살고 있다. 활자와 생활의 간격이 조금 줄어든 셈이다. "로또 당첨됐으면 좋겠다!"는 말만큼이나 자주 "언젠가 내 책이 더 많은 사람들에게 읽혀질 수 있었으면 좋겠다!"는 말을 해대는 요즘이다. 물론 어느 쪽이든 환영, 환영, 대환영이긴 하지만.

내 키보다는 내 글이

감기 기운이 남아 있던 탓에, 퇴근 후 방에 도착하자마자 침대에 엎어져 곤한 잠에 들었다. 오후 5시 반쯤 일어나 샤워를 했다. 그러고서는 시집 두 권과 에세이 한 권, 노트북을 챙겨 카페에 왔다. 뭐라도 적어야 하지 않을까. 시간이 붕 뜨면 늘 그런 압박감을 느낀다.

오늘따라 이상하게도 유독 삶이 막막하다. 어제와 다를 것 하나 없는 하루인데도 그냥 그런 느낌이 든다. 감기 때문일까. 아니면 샤워하면서 들었던 노래들이 모두 우울했던 탓일까. 그것도 아니면 이제야 냉혹한 현실에 대한 감각이 생긴 걸까. 퇴근 후 만난 아름이에게 이런 속내를 털어놨더니 "살다 보면 그런 날도 있지. 그뿐이야. 잘하고 있어"라는 말을 들었다. 이런 말 해주는 사람이 곁에 있다는 것. 그것만으로도 사랑은 할 만하다는 생각이 들었다. 하지만 어쩔 수 없이 여전히 오늘 내 삶은 막막하다. 나름 낙관의 방어 기술을 익혔다고 생각했는데, 현실의 기습 공격에는 이렇게나 속수무책이다.

어떤 분야에 입문하고 몰입하는 과정을 흔히 '발을 담그다'

라고 표현한다. 나는 이미 글의 바다에 두 발을 모두 담가버렸다. 영법도 익히지 못했으면서 가슴께까지 차오르는 수심으로 냅다 걸어 들어온 셈이다. 때문에 지금의 내 선결 과제는 바다를 즐기는 것이 아니라, 바다에서 생존하는 것이다. 내가 존경하는 작가 중 한 명인 현우 형은 "어쩔 수 없어. 우린 이미 문학의 신에게 눈길을 받은 인간들이야. 영원한 짝사랑의 시작이지. 힘내자, 운명을"이라고 말했다. 오늘처럼 막막한 기분이 드는 날엔, 내 뒤에 선 누군가에게 보내는 신의 눈길을 내가 낚아채고는 착각에 빠진 게 아니길 바랄 뿐이다.

그렇다곤 해도 내게 글 쓰는 일은 본질적으로 즐겁다. 다만 잘해보려는 마음이 나를 괴롭힌다. 실력이 자라는 건 꼭 키가 자라는 것과 비슷해서, 애쓰고 노력하는 동안에는 확인할 수가 없다. 그 모든 노력들은 관절의 마디나 근육의 구석에 조용히 웅크리고 있다가, 내가 의식하지 못할 때 문득 키를 키운다. 자고 일어났더니 왠지 바지가 조금 짧아진 기분이 드는 것처럼.

내 나이 서른, 이제 나의 키는 더 이상 자라지 않는다. 그걸 알기 때문에 키가 더 자라기 위해 특별히 어떤 노력을 하지도 않는다. 나는 언젠가 내 글쓰기의 성장판도 닫혀버릴까 봐, 그걸 내가 알게 되고 더 이상 노력을 하지 않게 될까 봐 두렵다. 괜히 찝찝하게, 나는 키도 별로 크지 않다. 적어도 내 키보다는 내 글이 더 자랄 수 있었으면 좋겠다.

오늘따라 이상하게도 유독 삶이 막막하다. 어제와 다를 것 하나 없는 하루인데도 그냥 그런 느낌이 든다. 감기 때문일까. 아니면 샤워하면서 들었던 노래들이 모두 우울했던 탓일까. 그것도 아니면 이제야 냉혹한 현실에 대한 감각이 생긴 걸까.

내 나이 서른, 이제 나의 키는 더 이상 자라지 않는다. 그걸 알기 때문에 키가 더 자라기 위해 특별히 어떤 노력을 하지도 않는다. 나는 언젠가 내 글쓰기의 성장판도 닫혀버릴까봐, 그걸 내가 알게 되고 더 이상 노력을 하지 않게 될까봐 두렵다.

천직의 의미*

　웬만큼 유복하지 않고서야, 요즘 세상에 아르바이트 한 번 해보지 않은 청춘이 어디 있겠냐마는 그럼에도 불구하고 나의 아르바이트 경력은 꽤 화려하다. 조금 길어질 테니 적당히 읽다 내려가셔도 좋다.

　바리스타, 스포츠 브랜드와 남성 정장 브랜드 판매직, 행사 매대 판매직, 공장 집진기 청소, 신문 배달, 석산 발파 현장, 영화관 좌석 소독, 의류 브랜드 입점 공사, 선거 사무실 철거, 백화점 VIP 고객 대상 리프레시 여행 진행 보조, 추석 스팸 세트 판매, 24시간 마트 캐셔, 재수학원 국어 강사, 초등학생 글짓기 과외, 백화점 전문 택배 일까지. 그 외에도 자질구레한 단기 아르바이트까지 더하면 그야말로 내 이십대는 아르바이트의 춘추전국시대라 해도 과언이 아니었다.

　왜 이렇게 다양한 아르바이트를 했는가 하면, 우선은 내 주제보다 더 많은 돈이 필요했고 기왕이면 젊을 때 이것저것 해보자는 심산도 있었다. 밝히기 부끄럽지만 나름대로는 '그래도 글을 읽고 쓸 문학적인 시간은 필요하지'라는 이유로 시간에 얽매이는 장기 아르바이트보다는 단기 아르바이트를 선호한 탓도 있다. 그 시간들만큼 내가 문학적이었는가를 따져보면, 역시 아르바이트든 뭐든 간에 정규직이 좋다는 생각이 든다.

한 가지 우스운 점은 그 많은 아르바이트들을 할 때마다 나는'이야, 이거 진짜 나랑 잘 맞는데? 거의 천직天職인데?'라고 생각, 아니 착각했다는 사실이다. 겨우 몇 개월 해놓고서 천직 운운하는 것부터가 어불성설이고, 결과적으로 여러 번'천직'을 갈아치웠으니 또한 자가당착인 셈이다. 그럼에도 내가 매번 그 일들이 천직이라 착각했던 이유는 단순했다. 어떤 일이든 그 요소들 중에는 기꺼이 즐거운 것들이 있었기 때문이다.

판매직은 사람들과 대화하며 제품을 소개하고 실적을 올리는 즐거움이 있었다. 신문 배달이라든가 선거 사무실 철거, 공장 집진기 청소 등등의 몸으로 하는 일들은 대개 이른 시간에 일을 시작했는데, 마음만 먹으면 아침잠 정도는 얼마든지 떨쳐낼 수 있는 내 바이오리듬과도 잘 맞았다. 또 남 눈치를 보지 않고 작업에 몰두할 수 있다는 장점과 정직하게 땀 흘려 돈을 번다는 뿌듯함도 한몫했다.

가장 오래 일했던 재수학원 국어강사 일은 정말 얻은 것이 많은 경험이었다. 우선 학생들과 진심으로 교류하면서 사람을 얻었다. 항상 말이 글보다 못했던 아쉬움도 학생들을 가르치면서 덜어냈다. 누구 앞에서든 조리 있고 자연스럽게 말할 수 있는 언변도 얻었다.

그렇게 즐거울 때마다 나는 그 일은 나의 천직이라고 여겼다. 그리고 지금, 나는 글 쓰는 작가로 살아가고 있다. 이것만은 정말 나의 천직이길 바라면서.

즐겁고 잘 해낼 수 있으면 그게 천직 아닐까. 흔히들 잘 하는 일과 좋아하는 일 사이의 기로에서 헤매곤 하는데, 그래서 그 갈림길 초입은 늘 북적인다던데 때마침 잘 하기도 하고 좋아하기도 하는 일을 만난다면 말이다.

하지만 10년의 아르바이트 경력과 그럼에도 불구하고 결국 글 따위나 쓰고 앉아 있는 나로서는, 그것은 천직의 진짜 의미가 아니라고 말할 수밖에 없다. 매번 즐겁고 매번 잘 해냈으나 아르바이트는 아르바이트로 끝이 났고, 매번 실망스럽고 매번 괴롭고 아주 가끔 행복하나 글 쓰는 일은 여전히 하고 있으니. 이제 나는 기꺼이 글 쓰는 일을 나의 천직이라고 여긴다. 책을 여러 권 낸 적도 없고, 글밥은 소박하기 그지없으며, 무슨 명문名文을 짓지도 못했지만 그래도 선언한다. 글 쓰는 일이 나의 천직이라고.

그 일을 얼마나 즐기고 능숙하게 해낼 수 있는지, 물론 그것도 매우 중요하지만 천직의 진짜 의미는 그 일의 온갖 어려움과 귀찮음, 고난과 모욕을 기꺼이 감수해낼 수 있는지에 달려 있다. 이기는 게임은 누구나 즐겁다. 즐거운 게임은 누구나 계속하고 싶다. 그러나 지면서도 기꺼이 하고 싶은 것, 패배조차도 삶의 일부로 감사히 받아들이는 것, 해서 그 일을 하며 평생을 살아도 후회하지 않을 만한 것. 바로 그것이 천직이다.

간혹 사람들은 천직을 찾는 것과 부와 명예를 쟁취하는 성공을 동일시한다. 더 나아가 부와 명예를 얻지 못한 사람이 하고 있는 일은 천직이 아닐 것이라는, 역 명제의 오류를 범하기도 한다. 하지만 천직은 부, 명예와 필수불가결한 관계가 아니다. 천직의 필수불가결한 관계는 행복과 만족이다. 아무리 좋아하는 음식이라도 삼시 세끼를 내리 먹으면 물리고, 아무리 즐겨듣는 음악이라도 24시간 내내 들으면 노이로제에 걸릴 것만 같은데 하물며 어떤 일을 평생 해도 괜찮겠다고 생각하는 것은 얼마나 대단한 결심인가. 다시 말해 평생 동안 하고 싶은 일을, 천직을 찾아냈다는 것은 얼마나 큰 행복과 만족일 것인가.

혹 천직을 찾고 싶은 사람이 있다면 '내가 이 일을 얼마나 즐겁게 할 수 있는가, 얼마나 잘 해낼 수 있는가' 말고도 반드시 자문해보아야 할 것이 있다.

'나는 이 일을 위해 얼마나 큰 좌절까지 감수할 수 있는가. 그럼에도 불구하고 이 일을 평생 동안 하고도 후회하지 않을 자신이 있는가.'

물론 최상의 시나리오는 그 모든 질문에 합당한 일을 천직으로 삼는 것이겠지만, 세상에는 나처럼 빛을 밝히기보다 어둠을 짊어지는 데 더 능숙한 사람도 있는 법이다. 이것도 천직이라면 천직이니, 누가 뭐래도 행복할 수밖에 없다.

시를 읽는 일

시를 쓸 수 있어서 인생은 살 만하다고 여기던 시절이 있었다. 눈에 들어오는 모든 것들을 시로 써야 한다는 의무감에 시달리고, 그 시달림이 마땅하다고 여기던 시절이 있었다. 누군가의 시를 읽는 것보다 나의 시를 쓰는 일이 더 귀하다고, 내가 쓴 시를 몇 번이고 읽는 것이 더 낭만적이라고 여기던 오만불손한 시절이었다.

요즘은 시를 읽을 수 있어서, 읽고 나면 행복한 시가 많아서 인생은 살 만하다고 생각한다. 흘러가는 것들을 그대로 흘려보내면서, 그러고도 알알이 남은 것들이 만약 시라도 될 수 있다면 그거야말로 행운이지 않느냐고. 이 각박한 세상에 시인이라며 나서는 어리석은 자들이 있어서 나 같은 속물도 시를 읽는 즐거움을 안다.

몇 줄 문장으로 누군가의 인생을 살 만한 것으로 만드는 것은 거의 요술에 가깝다. 나 같은 범인이 따라해봤자 그건 트릭으로 겨우 행하는 마술이거나 간사한 술수에 불과하겠지만, 시인의 문장은 그렇지 않다.

서점에 들러 이런저런 책들을 야금야금 읽었다. 고맙게도 오늘 하루를 살 만하게 만들어주는 시들을 만났다. '누군가 먼저 흔들렸으므로 만졌던 쇠줄조차 따뜻하다'고 말하는 문동만 시인의 「그네」라든가, '김 뿌린 센베이 과자보다 노랑 마카롱이 좋았다. 더 멀리 있으니까 가족에게서, 어린 날 저녁 매질에서'라고 말하는 진은영 시인의 「그 머나먼」, '이제서 말이지만 나는 어려서 먼서기가 되고 싶었다. 어떤 때는 벌레가 되고 싶기도 했다. 그래도 나는 시인이 되었다'며 아들에게 말하는 이상국 시인의 「아들과 함께 보낸 여름 한철」 같은 시들을.

요즘 글을 쓰면서 경계하는 것 중 하나는 '주제넘지 않는 것'이다. 내가 살아온 만큼의 이야기를 하는 것. 함부로 거창한 말을 하지 않는 것. 슬픔을 과장하거나 행복에 냉소적이지 않는 것. 모르는 것을 모른다고 말하는 것.

하지만 쉽지 않다. 늘 내 인생의 영역을 벗어난 문장을 썼다가 다시 지운다. 과장된 슬픔을 무슨 문학의 원동력이라도 되는 듯 '감성' 운운하며 핏빛 문장을 썼다가 지운다. 행복에게 감사하는 일보다 행복 이후를 대비해 미리 불안해하는 버릇은 쉽게 떨쳐지지 않는다. 모른다고 말하는 일은 늘 자격지심을 동반한다.

그래서 내게는 아직도 시인들이 필요하다.

시를 읽어야 그나마 사람답게 산다.

업(業)*

　나는 공감의 정도나 깊이가 보통보다는 꽤 강해서, 감정적이고 눈물도 많은 편이다. 하지만 동시에 어떤 점에 대해선 매정하리만치 이성적이고 냉정해서 종종 "그건 그 사람 업(業)이지. 본인이 감당해낼 일이지. 어쩔 수 없어"라는 말을 잘도 해댄다. 생판 남에게는 물론이고 친구나 애인, 심지어는 가족에게도 비슷한 말을 했다. 인간의 이중성, 모순성은 멀리서 찾을 필요가 없다. 이렇게 스스로를 조금만 살펴보면 깜짝 놀랄 만한 이중성이 드러난다.

　업을 영어로는 카르마karma라고 한다. 불교식으로 말하면 '미래의 어떤 결과를 낳는 원인, 심신으로 짓는 선악의 소행' 정도가 되겠다. 그러니까 내가 남의 일이라고 쉽게 내뱉었던 그 말의 의미는 "사람은 자신이 한 행동에 책임을 져야 하니까" 정도가 될 것이다.

　어느 쪽으로 읽어도 매정하기 짝이 없다. "정말 힘들겠지만, 그건 네 업이야"라고 말하는 대신 "그건 네 업이지만, 정말 힘들겠다"라고 말할 수 있는 사람이 되면 좋을 텐데, 아직 나는 그 정도로 마음이 넓진 못한가 보다.

그런데 우리는 사실 '업'이라는 단어의 무게를 딱히 의식하지 않은 채로 자주 써댄다. 가령 '작업作業' 같은 단어처럼. 작업은 범박하게는 '해야 할 일' 또는 '예술가들이 작품을 만들어내는 과정', 속되게는 '이성의 마음을 훔치려는 빤히 속보이는 짓'까지 다양하게 활용된다. 하지만 그 속에 '카르마로서의 업'을 의식한 흔적은 보이지 않는다.

작업을 뜻풀이 그대로 이해하면 '업을 짓다' 정도이다. 이 글을 쓰려고 작정한 뒤 곰곰이 되짚어보니 나는 다른 일을 할 때는 그 일의 종류를 구체적으로 언급하는 반면에(운동을 한다, 화장실 문고리를 고친다, 청소를 한다 등등) 꼭 글을 쓸 때만 '작업한다'고 말해왔던 것 같다. 글을 쓰며 살겠다고 다짐한 순간부터 은연중에 나는 알아차린 것인지도 모른다. 이게 내 업을 짓는 일이라는 걸.

그런 점에서 '직업職業'이라는 단어도 다시 생각해보게 된다. 직업을 뜻풀이 그대로 이해하면 '어떤 업을 맡다' 정도가 된다. 작업과 직업은 얼핏 비슷한 뜻인 것 같지만 결정적 차이가 있다. 작업은 그저 하는 것이지만 직업은 생계를 위해 하는 일을 의미한다.

현실적으로 말해 작업이 직업이 되기 위해서는 돈을 벌 수 있어야 한다. 내게 직업이 무어냐고 물으면 늘 대답이 궁했다. 수십 개의 갖가지 아르바이트는 직업이라 말하기엔 어설픈 것 같고, 그나마 소속된 곳이었던 학원 강사는 관뒀으니까. 프리랜서라는 단어가 얼마나 고마운지 모른다. 여전히 의문스러운 대답이긴 하지만 아무튼 대답할 거리는 된다. 글 쓰는 작업이, 직업이 될 수 있을까. 온전히 내 생계를 책임지는 작업을 해낼 수 있을까. 이렇게 말하고 나니까 나도 직업을 갖고 싶다.

내가 처음 '업'이라는 단어를 새삼스럽게 느낀 것은 대학 졸업식 날이었다. 초등학교, 중학교, 고등학교까지 세 번의 졸업을 거쳤는데(유치원은 중퇴(?)했기 때문에 졸업한 적이 없다.) 대학 졸업은 유난히 쓸쓸한 기분이 들었다. 다음이 예정되지 않은 졸업은 처음이었다. 초등학교를 졸업하면 중학교, 중학교 다음엔 고등학교 하는 식으로 늘 졸업 이후엔 설레는 시작이 기다리고 있었는데 대학 졸업은 그렇지 않았다.

그때 깨달았다. 졸업이 졸업卒業이라는 것을. 어떤 업을 끝내는 것, 혹은 어떤 업이 끝나버리는 것. 그것도 돌연히, 별안간. 나는 진정한 의미의 졸업을 처음 겪었던 것이다.

업의 차원에서 본다면, 이제 앞으로 내가 해야 할 일은 분명하다. 새롭게 개업開業해야 한다. 진짜 가게를 차린다는 의미가 아니더라도, 뭔가 그럴 듯한 업을 열고 시작해야 한다. 작업을 하든, 그 작업이 직업이 되든, 어느 날엔 그 모든 업들이 별안간 졸업해버리든 간에 그 시작에는 개업이 있을 테니까.

서른의 한 해도 이제 두 달 남짓밖에 남지 않았다. 아무튼 오늘도 '업'이라는 단어에 사로잡혀 이런 작업만 해댔다. 내 삼십 대의 날들엔 어떤 개업을 해낼 것인가. 그래, 이것도 결국은 다

나의 업일 것이다. 내가 남에게 매정히 했던 말처럼 내가 책임
지고 견뎌내야 할 업.

서점 히스테리

출판사와 계약을 했다고는 하지만 출간까지는 몇 개월이나 남은 데다가, 전체 원고를 갈무리하는 중이기에 현실적으로 아직 내 일상의 드라마틱한 변화는 없다. 내 기준에서의 드라마틱한 변화란 책이 불티나게 팔려서 베스트셀러 매대에 오른다거나, 여기저기서 북토크를 연다거나, 더 운이 따라서 매체 출연을 한다거나 하는 것들이다. 그러니 아무것도 실현되지 않은 것이 당연하다. 사실 책이 나온다고 해서 실현가능성이 비약적으로 높아질 것이라고 생각하지는 않지만.

그래도 딱 한 가지, 일상의 다행스러운 변화는 있다. 바로 서점에 가는 일이 괴롭지 않다는 것.

2017년, 아주 급하고도 허술하게 첫 책인 『다시, 다 詩』를 냈을 무렵에도 나는 드라마틱한 변화를 기대했다. 지금 돌이켜보면 그 얼마나 허황된 기대였는지. 기획출판, 자비출판의 개념도 제대로 알지 못한 상태에서 겨우 100부씩, 그것도 내 돈 들여 찍어낸 책이 팔릴 리가 없었다. 얼마 지나지 않아 내 책에 대한 세간의 관심도 사그라지고(세간이라고 해봐야 나의 고마운 가족과 지인들뿐이었지만), 심지어 나의 애정도 급격히 떨어져갔다. 나중엔 "이게 제가 낸 책인데요"라고 누군가에게 건네기도 망설여졌을 정도로, 나는 첫 책인 『다시, 다 詩』를 부끄러워하는 지경에 이르렀다. 하물며 이 판국에 서점에 책이 입고되어 있다 한들 무슨 의미가 있으랴. 사태는 더욱 악화되어 첫 책을 냈던 출판사의 인스타그램 공지를 통해 이제는 책 판매조차 중단되었다는 사실을 통보받았다. 황당하고 무력했다.

그러나 속되게 말해 '내놓은 자식'이라도 자식은 자식인 법. 아무리 팔리지 않는 책이라 하더라도, 심지어 작가 본인이 부끄러워하는 책이라 하더라도 서점의 제일 구석에 먼지를 덮어쓴 내 책을 마주하는 일은 괴로웠다. 시집이라 책도 얇은 탓에, 일부러 찾아보려고 해도 찾기가 쉽지 않았다. 어찌어찌 실종아동을 찾는 심정으로 책장을 더듬어 내 책을 찾아도, 부둥켜안을 수도 없었다. 가끔은 일부러 책장에 꽂혀 있던 책을 꺼내 사람들 눈에 잘 보이는 곳에 툭 놔두고 오기도 했다. 돈 주고 사는 것까진 바라지 않았다. 그렇게라도 누가 내 글을 읽어주길 바라는 마음이었다. 그리고 서점을 나오면, 하루 종일 비참했다.

'서점 히스테리'는 날로 심해져서, 나중엔 서점에 가는 것만으로도 한숨이 푹푹 나오고 목구멍이 뜨거워져서 난감할 정도가 되어버렸다. 베스트셀러 매대에 놓인 책들의 표지를 가만히 보고 있으면, 열등감과 부러움이 뒤섞인 울화가 치밀었다. 그걸 꾹꾹 누르며 책을 읽다가, 내용이 마음에 들지 않으면 '이딴 책도 베스트셀러가 되는데!'라며 끝내 울화통이 터져버렸고 나는 도망치듯 서점을 빠져나왔다. 가엾고도 못난 시간들이었다.

그런데 내 글을 나만큼이나 정성스럽게 읽어준 출판사를 만나 계약을 한 뒤로는, 거짓말처럼 서점 히스테리가 사라졌다. 아직 책이 나오지도 않았는데도 그렇다. 서점에서 이런저런 책을 읽는 일이 즐겁다. 배울 만한 글을 읽고 나면 속이 든든해진 것 같아 좋고, 별로인 글을 읽으면 반면교사를 만난 것 같아 좋다. 표지나 내지 디자인을 살피며 몇 개월 뒤의 내 책은 과연 어떤 얼굴로 세상에 나올 것인지를 상상해보는 데까지 생각의 관성이 작용하면 이제 멈출 수 없다. 이미 머릿속에선 불티나게 팔려서 베스트셀러 매대에 오른다거나, 여기저기서 북토크를 연다거나, 더 운이 따라서 매체 출연을 한다거나 하는 것들이 모두 이뤄지고 만다. 김칫국은 아무리 마셔도 체하지 않아서 좋다.

마음의 상처를 극복하고 치유하는 일의 첫 단계는, 그것을 인정하고 담담히 마주할 줄 아는 것이라던데. 이런 글을 써대고 있는 걸 보니 서점 히스테리는 확실히 극복한 것 같다.

심해의 소란들

　불면의 새벽에는 수심水深이 깊어지는 기분이 든다. 내가 아래로 헤엄쳐 내려가는 것은 아니다. 밤의 어둠이 자꾸만 차오르는 탓에 나는 서서히 가라앉는다. 어둠이 키를 넘겨 넘실거리는 순간부터 내가 서 있는 곳이 가장 깊은 곳이 된다. 심해다.

　어둠은 차오르면서 더욱 짙어진다. 바라는 게 너무 많아서, 이를테면 이루지 못한 희망 같은 것들이 숱하게 내 위에 그어지고 또 칠해져서 그 모든 색의 조합이 결국 검정이 되는 것과 비슷하다. 낮 동안의 활기와 계획과 설렘과 긍정들이 뒤섞여서는 오히려 밤의 농도를 진하게 만든다.

　수압이 높아진다. 불면이 지속될수록, 새벽의 소리가 음산하게 공명할수록 삶의 중력이 높아진다. 문득 들여다본 부모님 얼굴의 주름은 아무도 모르게 늘어나 짠, 하고 나타난다. 어쩌면 세상의 모든 주름은 깊은 수심의 새벽에 그어지는 것인지도 모른다.

　아직은 젊다. 그러나 사실 '아직은'이라는 췌언을 달아야 하는 그 이유만큼 나는 늙은 것이기도 하다. 아직은 괜찮다. 아직은 즐겁다. 아직은 글을 쓸 만하다. 아직은, 아직은.

스물여섯 즈음이었나. 24시간 운영하는 마트에서 3개월 정도 야간 아르바이트를 한 적이 있다. 새벽이어서 그랬는지, 유난히 슬픈 일들이 많았다. 누군가는 술에 취해 차도로 몸을 날려 죽으려 했고, 누군가는 계산 완료된 숙취해소 음료를 들이켜고는 다시 소주 2병을 사갔다. 누군가는 아버지를 경멸했고, 늘 울다가 막 나온 얼굴의 엄마는 등에 업혀 우는 아이를 윽박질렀다. 이 모든 것이 새벽에 일어난 심해의 소란들이었다.

마트 길 건너 주유소에는 중동 국가에서 넘어온 듯한 사십대의 직원이 있었는데, 그는 매일 새벽 4시쯤 마트에 와 딸기우유 한 팩과 앙금빵을 사갔다. 매번 딸기우유와 앙금빵이었던 그는, 그럼에도 불구하고 매번 진열대 앞을 서성이며 고민했다. 불면증을 겪는 새벽이 꼭 그랬다. 매번 결국 잠들 거면서, 매번 일상의 언저리를 서성이며 고민했다.

심해의 소란 가운데, 나는 겨우 이런 글을 쓰고서 잠이 든다.

구슬 닦는 서른*

서른 즈음엔 학창 시절의 친구들, 대학 친구들 모두 한 달에 한 번 얼굴 보기도 쉽지 않다. 어렸을 적 모습을 회상해보면 도저히 가늠할 수도 없는 가지각색의 직업으로, 사회 곳곳에 흩어져 있다. 마치 유년기 내 방구석, 색색의 구슬이 고이 담겨 있던 양철통을 누가 엎지른 것만 같다. 각자의 경로를 따라 굴러가버린 구슬들의 몇몇은 감사하게도 손 뻗으면 닿을 거리에 있지만, 다른 몇몇은 장롱 밑 어둠 속에서 그렇게 각자 빛날 뿐이다. 친구들의 기억 속에서 나는 어떤 구슬일까. 얼마만큼 가까운 곳에 있는, 또는 가까이 두고 싶은 구슬일까.

비유를 이어가자면 나와 친구들이 양철통 속 구슬처럼 서로 맞대며 가깝게 지내던 시절, 우리는 현실보다 멀리 있는 것들에 대해 애기하길 좋아했다. 막연한 미래와, 사랑과 우정, 꿈, 청춘이라는 푸른 멍과 이십대를 맞이한 설렘, 그 의미에 대해서 애기하길 좋아했다. 양철통이 엎질러지고 우리는 이제 서로 꽤 멀어졌는데 우리의 대화는 오직 현실과 가까운 것들로 가득 찼다. 취업과 학자금, 빚과 생계, 자아를 잠식한 자조, 저무는 이십대에 대한 후회, 삼십 대의 무게, 또 그 의미에 대해서.

군대에 있을 때, 싸이월드 미니홈피에 '결코, 그런 어른은 되지 않을 것이다'라는 글을 쓴 적이 있다. 꼰대, 자조적 소시민 뭐 그런 게 되고 싶지 않았나 보다. 지금 돌이켜 생각해보면 두려웠나 보다. 그냥 되지 않으면 될 일을, 뭐가 그리 두렵고 불안해서 '되지 않을 것이다!'라며 선언하고 비장한 각오를 다지며 호들갑 떨었을까. 그것도 겨우 스물셋에. 정작 그 말을 좌우명처럼 되새겨야 할 요즘엔 '너무 철없이 살았던 걸까. 어른이라는 거 될 때가 되긴 한 걸까'라는 고민을 한다. 제때에 제대로 된 사람이기가 이리도 어렵다.

나는 군 휴학, 전과를 위한 휴학, 그냥 홧김에 한 휴학 등등의 이유로 스물여덟 8월에 겨우 대학을 졸업했다. 때문에 배우고 싶은 걸 배운다는 즐거움도 잠시, 4학년 졸업반 때는 정말 외로웠다. 잘못한 것도 없이(아니다, 대학 8년 다닌 거면 잘못한 건가.) 후배들을 대하기가 미안했고, 막막한 국문학도의 미래를 실감하며 한없이 움츠러들었다. 그렇게 처량한 고 학번으로 마지막 학기를 견뎌내던 어느 날, 캠퍼스를 걷다 후배들을 만나 잠시 인사를 나눈 적이 있었다.

살갑고 편한 후배였다. 순수하게 반가운 마음에 "경빈 선배!"하고 나를 불렀을 것이다. 그런데 내 입에선 나도 모르게 "부끄럽지 않은 선배가 되어야 하는데, 참…"이라는 말이 튀어나왔다. 국문학과로 전과했을 때만 해도 글을 읽고 시를 쓰는 것, 진심으로 사랑하는 여자와 오랜 연애를 하는 것이 내 자존감의 척도였는데 졸업 즈음엔 '돈벌이', '취직'이 자존감의 척도가 되어버린 탓이었다. 물론 그 착한 후배들은 전혀 그럴 생각이 없었을 것이다. 자격지심이란 바로 이런 것이구나, 절감했다.

짧고도 허술했던 내 이십대 동안 내가 몰두했던 것이라곤, 사랑과 글쓰기뿐이었는데.

이십대 내내, 고등학교 친구 중 가장 속 깊은 얘길 많이 나누는 '권'과 통화를 하면 대화의 공백이 생길 때마다 서로 한숨을 쉬었다. 그 사실이 우스워서 서로 또 한숨을 쉬었다. 언제쯤 우리 대화의 공백이 한숨이 아닌 것으로 채워질까. 언제쯤 나의 새벽은 행복할까. 우리에겐 그것이 청춘의 가장 흔한 질문이자 과제였다.

친구 '권'은 스물아홉에 결국 대기업에 입사했다. 언론 쪽으로 진출하길 갈망했기에 어쩌면 저 스스로는 아쉽기도 했겠지만, 그래도 나는 내 친구 '권'이 자랑스럽다. 쌍욕을 하고, 남탓을 하고, 술을 퍼마시며 답답해하던 그 시기를 다 견뎌낸 뒤 결국 뭔가 해낸 것이다. 나는 답답해서 겨우 글을 썼고, 지금도 겨우 글을 쓰며, 겨우 생활하고 있다. 혹시 소중하게 생각하는 친구들에게 내가 답답한 인간으로 보이지 않을까. 그런 걱정도 안 해본 것은 아니다.

그래도 나는 글을 쓰기로 결심했다. 물론 아직까지는 현재를 직시하며 미래를 내다보는 혜안보다는 과거를 곱씹으며 의미를 쫓아가는 일이 훨씬 잦다. 보통의 서른에게, 구슬 같은 건 분명 아무 쓸모없는 물건이겠지. 하지만 글을 쓰기로 결심한 덕분에 친구들을 그리워하며 구슬의 비유를 끌어다 쓴다. 오순도순 다정했던 구슬 양철통을 엎지른 것이 시간이라는 걸, 사실 우리는 모두 알고 있다.

이제 서른 즈음의 우리는 한때 구슬이었던 시절은 모두 잊고, 쓸모의 삶을 살기 위해 고군분투 중이다. 돈을 벌고, 결혼을 하고, 집과 차를 산다. 추억은 추억으로 남겨두기로 한다. 추억에게는 조금 바랜 색과 해진 옷, 적당히 쌓인 먼지가 어울린다고 믿으면서. 그래서 나는 어쩌면 쓸모없을 뻔한 글쓰기로 내 생계를 지으면서, 친구들에게 알려주고 싶다. 여기 누군가는 아직도 구슬을 닦고 있다고. 추억을 소중히 보살피고 있다고.

시를 쓰는 일

처음 시를 쓰겠다고 다짐했던 10여 년 전, 나는 '쓰지 않으면 죽을 것처럼' 시를 대했다. 아직 시가 될 준비가 되지 않은 것들을 억지로 끌고 와, 멋대로 시를 썼다. 어쩌면 그걸 정말 시라고 불러도 되는 것인지, 심지어 그 시들을 한데 묶어 시집을 내어버린 후에는 이걸 함부로 시집이라고 불러도 되는 것인지 지금까지도 확신하기 힘들다.

아무 노력 없이도 세월은 흐르고, 그동안 시보다는 다른 종류의 글들을 더 많이 써내며 프리랜서 작가라는 면죄부 같은 명함도 얻었다. 요즈음의 나는 '죽지 않으면 쓸 수 있다'는 마음으로 시를 기다린다.

시는 늦저녁 음식물 쓰레기 수거차에서 흘러나오는 상송에도 있고, 흩날리는 은행잎에도 있다. 시는 오래된 담벼락 아래 초라한 텃밭을 비추는 햇살과 그 햇살에 지는 풀들의 그림자에도 있고, 공원 벤치에 펭귄들처럼 모여 앉은 할머니들의 깔깔깔 날아가는 웃음에도 있다. 어디에나 있다는 것을 알고 난 후로는, 굳이 찾아내려 애쓰지 않게 되었다.

시는 숨바꼭질하며 찾아내는 것이 아니라 조우하는 것이라고, 때가 되면 찾아오는 것이라고 생각하며 지낸다. 물론 나를 찾아와준 시를 제대로 받아 적지 못하는 내 문장은 늘 아쉽지만, 시는 친절해서 그런 것쯤 개의치 않는다. 누군가에게 좋은 평가를 받고, 공모전에서 상을 받는 일은 물론 기쁘지만 그것이 시를 쓰는 첫 이유는 아니다. 시는 우선 시를 위해서 쓰고, 그다음으로는 나를 위해서 쓴다. 그러다 언젠가 내 시를 읽는 사람들까지 위할 수 있다면 더할 나위 없겠다.

올해도 몇 편의 시를 썼다. 세상은 몇 편의 시보다는 얼마의 돈을 시간의 영수증으로 쳐주지만, 적어도 시는 내가 사람됨을 잊지 않았다는 증거쯤은 된다. 10년 뒤에도 20년 뒤에도 시를 쓸 수 있는 사람이었으면 좋겠다. 운 좋게도 명을 다할 때까지 늙어 죽게 된다면 유서는 시로 쓰고 싶다. 쓸쓸하고도 아름다운, 읽다 보면 하루쯤 더 살아봐도 좋겠다 싶은 그런 유서를.

조금은 심심하고, 약간은 별 볼 일 없는

글을 쓴다는 건 스스로에게 정직해지는 일이다. 허풍이나 위선, 위악을 집어던진 자기고백. 그렇다고 해서 반드시 거창할 필요는 없다. 배가 고프면 고프다고, 누가 그리우면 그립다고 쓴다. 치졸했던 자신을 치졸했다 반성하고, 여전히 잘해낼 수 없는 일들에 대해 자신 없다고 인정하는 일. 말로 전하지 못한 마음을 뒤늦게나마 고맙다고 사랑한다고 전하는 일.

그래서 글을 쓰고 나면 행복하건 괴롭건 간에 마음이 후련해진다. 입안에 오래 머금고 있던 묽고 축축한 덩어리를 내뱉은 기분. 아무리 골똘히 생각해도 가늠되지 않던 것들을 글로 내뱉고서 찬찬히 살펴보면 조금씩 이해되곤 한다. 그래서 그랬던 거구나. 내가 이런 생각으로 당신을 대했구나. 그때의 나는 겨우 이런 인간이었구나. 당신도 힘들었겠구나.

한때는 글 쓰는 일을 거룩한 예술, 화려한 기교라고 여기기도 했다. 그때 내 글은 그저 평가 대상이었고, 글 속의 나는 실제의 나와는 많이 달랐다. 나는 스스로에게도 정직하지 못했다. 그러니 글을 쓰고 나면 늘 마음 한구석이 찜찜했다. 누군가 내 글을 읽어주길 간절히 바라면서도, 동시에 세상에 내보이기 두려워하는 이율배반적인 행태의 이면에는 글을 통해 자기고백이 아닌 자기기만을 했다는 죄책감이 있었다.

가끔 그 시절의 글을 들춰 읽으면, 얼핏 지금보다 더 좋은 글처럼 보이는 것들도 있다. 내가 이런 문장을 썼단 말이야? 하지만 그뿐이다. 겉만 번지르르한 글들, 함부로 정의롭고 겸손한 척 오만했던 글들. 자기고백을 가장한 자기기만의 언변. 남들은 몰라도 나는 알고 있는 진실 앞에서 한없이 부끄러워진다.

조금은 심심하고 약간은 별 볼 일 없지만, 적어도 솔직한 지금의 글이 더 마음 편하다. 어쩔 수 없다. 실제로 내가 조금은 심심하고 약간은 별 볼 일 없는 사람이니까. 그래도 할 수 있는 데까지 솔직해보려고, 정직해보려고 한다.

내가 하고 싶은 말과 해야 하는 말과 할 수 있는 말. 그 간극을 줄여나가는 것이 글 쓰는 사람의 성장 방식이라고 굳게 믿으면서.

읽기의 인내심

보통 인내심이라고 하면 우직하게 무엇인가를 참고 견뎌내는 마음을 의미한다. 우리는 자라면서 여러 가지를 배우거나 포기하게 되는데, 인내심은 배우고 익혀야 할 것 중 하나로 믿는다. 어른이 된다는 건 어떤 점에선 인내심을 키우는 과정이기도 하다는 식으로.

인내심의 사전적 정의는 '괴로움이나 어려움'을 참고 견디는 마음인데, 실은 꼭 그렇지만은 않다. 즐거움이나 부푸는 행복감을 견디는 데에도 나름의 인내심이 필요하다. 가령 취직이 되지 않아 낙담하는 친구 앞에서 나의 승진 소식을 덮어두는 인내심 정도는 필요할 테니까. 근질근질한 마음을 다스리는 인내심.

나의 경우 여러 인내심 중에서도 특히 '읽기의 인내심'은 거의 바닥 수준이다. 글을 쓰는(앞으로도 계속 글을 쓰고 싶은) 입장으로서 쓰기만큼이나 읽기도 나의 숙명이라, 아주 대단한 다독가는 아니어도 꾸준히 책을 읽으려 노력한다.

요즘은 에세이에 빠져 있다. 솔직히 말해 개인의 취향을 존중한다고 해도 요즘 서점가에서 잘 팔린다는 에세이의 절반은 뜬구름 잡는 이야기이거나 속 빈 위로, 정제되지 않은 감성, 복사 붙여넣기 한 듯한 문장들로 채워져 있다. 그렇다고 내가 읽는 책들이 아주 고상하고 고급스러운가 하면 그렇지도 않다. 백영옥, 임경선, 김연수, 김중혁, 김소연 작가의 글이 좋다. 사실적이고 구체적인 사례, 담담한 슬픔, 툭 던지는 유머, 햇살의 온도를 닮은 자연스러운 위로, 억지스럽지 않은 긍정. 나는 그런 글이 좋다.

아무튼 오늘도 김연수 소설가의 『지지 않는다는 말』과 작가 40명의 산문을 모은 『나는 천천히 울기 시작했다』를 읽는다. 분명 좋은 글인데 20분 이상 읽을 수가 없다. 읽다 보면 쓰고 싶어지기 때문이다. 좋은 글을 읽으면, 좋은 글을 쓰고 싶어서 견디기가 힘들다. 읽던 글에서 어떤 소재나 단서를 얻을 때도 있고 문득 지금 써야 한다는 기분이 밀려들기도 한다. 이유가 무엇이든 그렇게 내 읽기의 인내심은 순식간에, 속절없이 바닥나고 만다.

지금도 그렇다. 『지지 않는다는 말』을 읽기 시작한 지 10분 만에 이 글을 쓴다. 쓰고 나니 목적도 알 수 없는 글이 되어버렸다. 읽기의 인내심이 바닥이어서 좋은 점은 글을 쓰고 싶은 마음이 부풀었을 때 지체 없이 글을 쓰는 행복을 누릴 수 있다는 것이다. 물론 그렇게 쓴 글이 이렇게 형편없을 확률이 굉장히 높다는 단점은 치명적이다.

그래도 어떤 방식으로든 시간을 행복하게 허비했다는 것만은 의미가 있다. 적어도 행복에 대한 인내심만큼은 키울 필요가 없는 아닐까. 행복해지고 싶을 때 지체 없이 행복할 수 있다는 것. 인내심을 키우기만 한다고 어른이 되는 것은 아닐 테다. 중요한 건 인내심의 종류를 구분할 줄 아는 것, 인내심의 정도를 조절할 줄 아는 것이 아닐까. 참아야 할 때는 참고, 참지 않아도 될 때에는 과감하게 결단을 내린다. 굳이 내 미약한 읽기의 인내심을 변호하려는 것은 아니지만, 마땅히 그렇다는 생각이 든다.

슬럼프

"저는 밥 먹고 매일 하는 일이 이건데요, 뭐."

늘 하는 일이고 내 전문 분야이니 잘 하는 건 당연하다는, 겸손과 자신감이 동시에 담긴 말이다. 하지만 누구에게나 슬럼프는 온다. 결국 슬럼프가 올 걸 알면서도, 매번 무력하고 괴롭다. 그럴 땐 이렇게 생각하자.

매일 잠드는 일도 가끔은 어려워서 불면증에 시달리고, 매일 똥 싸는 일도 내 뜻대로 되지 않아 변비에 걸린다고. 그래도 언젠간 깊은 잠에 들고, 후련한 쾌변을 보더라고.

슬럼프는 겨우 한때의 불면증, 며칠의 변비 정도일 뿐이라고.

마가리에는 별이 청청했을까

별 볼 일 없는 하루를 보내는 사람에게는 도시의 밤하늘에 별 하나 보이지 않는다는, 그야말로 사소한 사실조차도 서글프다. 밥도, 꿈도, 심지어는 현재도 아닌 그 멀고 먼 별빛 하나가 무어라고.

사실은 인생이 이 따위인 가장 가벼운 이유 하나쯤 필요했던 건지도 모른다. 나 때문이 아니라 별 하나 보이지 않는 저 밤하늘, 도시의 탁한 공기 때문에 내 인생이 이 따위인 거라고. 별이 와르르 쏟아지는 산골에 가면 내 인생이 더 괜찮아질 것이라고.

나타샤와 흰 당나귀와, 백석은 산골로 갔다. 출출이 우는, 눈 덮인 마가리로 갔다. 세상에 지는 것이 아니라 세상 같은 건 더러워 버리고 갔다. 마가리에는 별이 청청했을까. 아마 그랬겠지. 거긴 깨끗하니까. 그러나 별 볼 일 없는 하루를 보낸 나는 마가리로 가지 않을 것이다.

별이 쏟아지는 마가리에선, 내 인생이 이 따위인 것을 별 탓이라 할 수 없을 테니까.

별수 없을 테니까. 별, 수없을 테니까

음식과 아이디어*

　꼬박꼬박 챙겨보는 건 아니지만 채널을 돌리다가 마주치면 꼭 보는 프로그램 중 하나가 바로 「생활의 달인」이다. 말 그대로 직종을 막론하고 생업의 현장에서 달인이 된 이들을 발굴(?)하고 검증(?)하는 프로그램이다. 2005년 4월 첫 방영을 했으니 벌써 햇수로 14년째 전국 방방곡곡의 달인을 소개하고 있는 중이다.

　「생활의 달인」은 큰 틀에서 늘 일정한 흐름을 따른다. 궁금증을 자아낸다, 달인을 찾아간다, 달인의 실력에 놀란 뒤 미션으로 실력을 검증한다, 그리고 마지막엔 달인이 되기까지의 삶과 그 의미를 조명한다. 더 단순하게 얘기하면 예능으로 시작해서 드라마로 끝나는 구성이다. 늘 알면서도 스스로를 돌이켜보게 만드는 구성, 감탄하다가도 어떻게 살아야 할지 곰곰이 생각해보게 만드는 구성.

　셀 수 없이 많은 달인들이 등장했지만, 유독 요리나 음식에 관한 달인들이 많았던 것 같다. 중식, 한식, 일식, 양식은 물론이고 칼질의 달인, 만두의 달인, 라면의 달인…. 침샘을 자극

하고, 정성에 혀를 내두르게 하는 그런 달인들. 그들을 보노라면 그동안 내가 만들어 먹었던 요리가 민망해지고 내 몸에게 미안해지는 순간들도 많았다.

내 기준에서 요리 달인들은 다루는 식재료나 요리 종류에 따라 크게 두 가지 타입으로 나뉜다. '신속정확형'과 '정성백배형.' 초밥이나 회, 어패류를 다루는 달인들은 주로 '신속정확형'이다. 그 순간의 신선도가 생명이기 때문에 지체하지 않고 요리를 해낸다. 반면에 육수를 내거나 숙성시키는 요리를 하는 달인들은 주로 '정성백배형'이다. 가끔은 '굳이 저렇게까지…'라는 생각이 들 정도로 정성과 시간을 들인다.

비록 글쓰기의 달인은 아직 되지 못했지만, 매주 정해진 분량의 글을 써내야 하는 내게도 아이디어를 다루는 나름의 요령이 있다. 완성된 글 자체가 무슨 신의 영감처럼 뚝 떨어지는 것은 아니지만 어떤 아이디어가 문득 떠오를 때는 있다. 그리고 그런 아이디어들은 때로는 회나 어패류 같고, 또 때로는 생고기나 육수 같다.

어떤 아이디어는 떠오른 지금 당장 메모해두지 않으면 문밖으로 달아나버리는 고양이처럼, 흔적도 소리도 없이 사라져버리고 만다. 그리고 떠올랐을 때의 이미지가 아주 명확하고, 써야 할 내용의 기승전결도 함께 구상될 때가 많기 때문에 떠올랐을 당시의 신선함을 놓치지 않기 위한 '신속정확형' 달인 정신이 요구된다. 나는 그럴 때마다 카카오톡 '나와의 채팅'을 활용해서 아이디어와 관련된 키워드들을 적어둔다.

반면에 어떤 아이디어는 쓰다 만 소설처럼, 시작하는 좋은 문장만 떠오르고 도저히 그 뒤는 가늠하기 힘들 때도 있다. 메모를 해두기는 하지만 지금 당장 그 아이디어를 붙잡고 있어 봤자 진척되는 것은 거의 없고, 스트레스만 쌓인다. 그런 아이디어는 제 안에서 어떤 힌트나 맥락이 우러나올 때까지 진득하게 기다리고 꾸준히 피드백하는 '정성백배형' 달인 정신이 요구된다.

그러니 무엇보다 중요한 것은, 어떤 아이디어가 떠올랐을 때 그 종류를 잘 구분하는 것이다. 당장 신선할 때 먹어야 할 회를 상온에서 며칠 놔두면 썩어서 먹을 수가 없고, 10시간은 뭉근히 우려내야 할 육수를 급한 마음에 10분, 20분 만에 재료를 건져내서는 맹물일 뿐이니까.

특히 이 모든 과정의 전제를 잊어서는 안 되는데, 바로 '좋은 식재료' 즉, '좋은 아이디어의 원천'이다. 아무리 달인의 실력이라 해도, 썩어 문드러진 식재료로 건강하고 맛좋은 요리를 해낼 수는 없는 법. 마찬가지로 아무리 좋은 글쟁이라 해도, 그 아이디어의 원천 자체가 진부하고 매번 엇비슷하다면 신선하고 통통 튀는 글을 짓기 힘들 것이다. 좋은 식재료를 얻기 위해 매일 새벽시장에 직접 발품을 파는 요리의 달인처럼, 좋은 아이디어는 부단한 독서, 영화, 관찰 등등의 갖가지 경험을 통해 만들어진다.

어느 한 분야에서 달인이 되는 것은 특별한 의미다. 단순히

'그것을 뛰어나게 잘 한다' 정도에 그치지 않는다. 이미 그 사람의 인생이 일정 부분 그 일이 되었다는 의미다. 그 일을 하기 위해 시간을 내지 않더라도, 그냥 삶 자체가 그 일이 되어버리는 일. 그런 의미에서 가난한 시절에 글로 밥 벌어먹어보겠다고 덤비고 있는 나는, 의욕만 앞선 풋내기인 셈이다. 언젠가 달인이 되는 날이 올까. 「생활의 달인」에 출연하진 못하더라도 내 삶의 일부가 글쓰기가 되는 그런 날이.

돈보다 비싼 것

각종 펜, 노트, 다이어리, 마스킹 테이프 등등 문구류 덕후인 아름이에게 핫트랙스, 아트박스, 플리마켓은 일종의 쇼핑 힐링 플레이스다. 그저 둘러보는 것만으로도 감탄과 행복감이 솟나나 보다. 한 30분쯤 둘러보고 나오는 길에 손에 쥔 것이라고는 겨우 펜 몇 자루와 엽서, 또는 노트뿐이지만 표정으로는 이미 세상을 다 가진 것만 같다. 참으로 가성비 좋은 취향이 아닌가! 사치를 부려 봤자 겨우 1만 원을 넘길 일이 거의 없으니.

내게도 그렇게 '눈 돌아가는' 쇼핑 힐링 플레이스가 있다. 바로 나이키 매장과 교보문고.

대한민국의 젊은이들에게(아직 나도 젊다! 젊다고!) 나이키를 좋아하는 취향은 거의 보편적이라고 봐도 무관하겠지만, 그럼에도 나는 조금 더 애틋하게 나이키를 좋아한다. 나이키 신발 제조를 맡고 있는 아버지의 직장 덕분에, 넉넉지 못한 살림에도 학창 시절부터 공짜 나이키 신발을 신을 수 있었다. 에어맥스 95나 97, 샥스 시리즈 등등 클래식하고 멋진 신발들을 신고

등산을 가거나 축구를 하는, 나이키 마니아 입장에선 '희대의 망나니 짓'을 하며 학창 시절을 보냈다. 그때 신발의 가치를 알았더라면, 아버지가 가져오신 신발은 고이 모셔두고 니코보코라든가 슬레진저 같은 걸 신고 다녔을 텐데. 지금은 비싼 가격 탓에 함부로 사지도 못하는 신발들인데. 2년 전 마지막으로 구입한 나이키 신발 두 켤레는 닳을 대로 닳았는데도 버리지 못하고 있다.

나이키에 대한 애정을 담아, 군 제대 직후엔 나이키 매장에서 아르바이트를 하기도 했다. 특히 신발에 대한 학구열이 높아서 제품 시리즈와 특징, 적용된 기술 등을 달달 외웠다. 그 이후로도 비록 구입하진 못하지만 꾸준한 유튜브 영상 시청과 쇼핑몰 탐방으로 신제품의 경향을 익혀왔다. 이런 나의 관심과 열정을 나이키에서 알게 된다면 신발 한 켤레쯤 선물해주지 않을까. 하지만 나보다 더한 나이키 덕후는 너무나도 많다. 원래 세상은 모든 분야에서 더 뛰어난 자들이 있는 법이니까.

그런 이유로 가끔 나이키 매장을 가면 괜히 마음이 설레고 즐겁다. 옷이나 용품도 발군이지만, 역시 나이키는 신발이다. 직접 신발을 들어보고, 만져보고, 그러다 신어보기까지 하면 절벽인 줄 알면서도 내달리는 말을 탄 것처럼, 내 마음은 결제 직전까지 치닫는다. 간신히 정신을 부여잡고 씁쓸한 마음으로 나이키 매장을 나온 적이 몇 번인지, 글을 쓰면서 세어보다가 포기했다. 만약 로또에 당첨된다면(세상에서 가장 쓸모없는 가정법이지만) 호탕하게 나이키 매장의 모든 신발들을 사버릴 것이다. 기필코.

교보문고 또한 갈 때마다 마음이 설레고 따뜻해지는 곳이다. 다른 대형 서점들도 있지만, 왠지 교보문고만큼 적당한 색감과 차분한 느낌을 주지 않는 것 같다. 평매대와 베스트셀러 매대의 책들을 찬찬히 살펴보다가 마음에 드는 걸 집어서 읽는 즐거움은, 거의 뷔페 음식을 공들여 골라 먹는 듯한 기쁨과 비슷하다. 평소엔 별생각이 없다가도 교보문고에만 가면 읽고 싶은 책들이 차곡차곡 쌓인다. 그러다 '내 책도 언젠가 누군가의 리스트에 쌓여갈 수 있을까' 하는 생각이 들면, 행복과 걱정과 열등감이 섞인 복잡 미묘한 감정에 휩싸이기도 한다.

오늘, 오랜만에 교보문고에 들렀다. 1시간쯤 교보문고에서 이런저런 책을 읽다 보면 '그냥 이렇게 매일 책이나 읽으며 살면 얼마나 좋을까' 하는 생각이 든다. 취향의 편식이 심한 편이라 소설에는 큰 욕심이 없지만 인문, 예술, 철학 도서라든가 에세이와 시집은 닥치는 대로 읽어 보고 싶다.

하지만 내게는 해야 할 일이 있고 벌어야 할 돈이 있다. 갚아야 할 대출금이 있고 만나야 할 사람들이 있다. 그리고 아마도 매일 10시간 가까이 교보문고에서 책이나 읽다 보면, 그것 또한 즐겁지만은 않을 것이다(라는 자기 위안을 하는 수밖에 없다). 그런 생각의 경로를 떠밀리듯 걷다가 결국 만나는 건 '만약 로또에 당첨된다면…'이라는 막다른 골목일 뿐.

하지만 신의 가호로 정말 로또에 당첨된다 하더라도, 나는 원하는 바를 모두 이루지는 못할 것이다.

나이키 매장에서 신발을 사는 것쯤이야 돈만 있으면 가능한 일이겠지만, 교보문고에서 읽고 싶은 책을 몽땅 읽는 것은 돈만으로는 불가능할 테니까. 매장의 모든 신발을 신어보고, 결제하고, 1톤 용달 트럭에라도 실어서 집으로 가는 데에는 겨우 몇 시간이면 충분하겠지만 수백, 수천 권의 책을 읽는 일은 평생을 바쳐도 부족할 테니까. 돈은 충분할 수 있어도 시간은 충분하지 못할 테니까. 세상에는 돈보다 비싼 것이 있는 법이니까.

나이키 신발이 두 켤레뿐인 건 내 탓이 아닐지 몰라도, 내가 책을 많이 읽지 못한 건 오롯이 내 탓이었다. 로또 타령할 시간에 교보문고에서 책이나 한 줄 더 읽을걸.

단 한 명의 응원

대학생 때, 국어국문학과에서 매년 진행했던 주요 행사 중 '작가 초청회'라는 게 있었다. 말 그대로 작가를 초청해서 강연을 듣는 행사였는데, 우연히 내가 장률 감독님의 작가 초청회 진행을 맡은 이후로 김연수 소설가, 강은교 시인까지 총 3번의 진행을 도맡았다. 특히 김연수 소설가가 했던 말은 여전히 내 글쓰기의 원동력이다.

수더분하게 학교로 찾아온 김연수 소설가는 스스로를 거창하게 바라보는 학생들의 시선과 기대가 조금 부담스러웠는지, 일방적으로 이야기를 전달하는 강연이 아니라 자유롭게 질의응답하는 시간을 갖자고 제안했다. 당시 작가 초청회를 준비하는 모임인 '혜음' 멤버들은 사전에 김연수 소설가의 대표작이나 정보를 꿰고 있었기 때문에 무난하게 진행될 수 있었다. 처음엔 쑥스러운 듯 말을 아끼던 그도, 대화가 오가면서 자연스럽게 자신의 이야기를 전해주었다.

소설이 아니라 시로 먼저 등단했다는 것. 할 말이 많아지면서 소설로 전향했다는 것. (소설을 쓰는 본인 생각에) 시인들은 정말 대단하다고 생각한다는 것. 평소 아주 치열하게 글만 읽고 쓰지는 않고, 여러 경험을 하기 위해 노력한다는 것. 따로 작업실이 있는데 글이 잘 써질 때에는 그 작업실에서 해가 지고 뜨는지도 모른 채 글을 쓰지만, 안 써질 때에는 작업실에 얼굴 도장만 찍고 술 마실 때도 많다는 것 등등….

그렇게 헤음 멤버들의 적극적 질의응답이 진행되고 있는 중에, 헤음이 아닌 학과 후배가 손을 들었다. 후배는 짧은 한숨을 쉬고 차분히 말했다.

"글이 좋아서 국어국문학과에 왔습니다. 어른들이 거기 가면 굶어죽는다고 말렸는데도, 그냥 좋아서 왔는데요. 그래서 작가님께 묻고 싶습니다. 정말 열심히 하면 글을 써서 밥 벌어먹고 살 수 있을까요."

사실 후배의 말은 질문이라기보다는 호소에 가까웠다. 불안했던 거겠지. 그리고 그런 종류의 불안은, 국어국문학과 학생들 모두가 느끼는 공통의 감각이었다. 때문에 나도 김연수 소설가의 대답에 귀를 기울일 수밖에 없었다. 적어도 작가 초청회 내내 그가 했던 말들을 보면, 허세를 떨거나 위선을 부릴 사람은 아니었으니까. 그는 곤란한 미소를 살짝 짓고 나서, 솔직한 이야기를 이어갔다.

"글이 좋아서 국문학과에 왔다고 했지요? 글로 밥 벌어먹기 힘듭니다. 정말 뛰어난, 저보다 좋은 작품을 쓰는 분들도 다들 투잡, 쓰리잡 하시는 분들 많구요. 그런데요, 이렇게 생각해보면 돼요. 전업 소설가, 전업 작가가 아니면 실패한 걸까요? 투잡, 쓰리잡 뛰면서 글 쓰는 작가들은 불행하기만 할까요? 어떤 일이든 그렇겠지만 꿈을 좇는다는 건요, 괴롭고 힘들고 외롭고, 그런데도 대책 없이 행복한 일이에요. 문제는 이 현실이라는 벽 때문에, 사회적인 시선이나 평가 때문에 그 꿈을 포기하게 된다는 거죠.

그러니까, 제 대답은 이렇습니다. 포기하지만 않으면, 할 수 있습니다. 베스트셀러 전업 작가가 될 수도 있고, 투잡, 쓰리잡 뛰면서 작가로도 창작 활동 할 수 있는 거죠. 어느 쪽이든 꿈을 좇으면서, 이루면서 사는 건 똑같습니다. 그렇게 포기하지 않고 계속 해나가려면요, 혼자서만은 힘듭니다. 주위에 계속 믿어주고, 응원해주는 사람을 곁에 두면 좋아요. 많을 필요도 없습니다. 정말 딱 한 명만 있어도, 그 한 명 때문에 포기하지 않을 수 있어요."

잊고 지내던 그때의 기억이 되살아나면서, 나는 나를 돌아볼 수 있었다. 불안해하면서도 나를 응원해주는 사람들이, 내게는 적어도 10명은 있었다. 10명이라니, 나는 포기할 이유가 없었다. 만약 포기한다면 그건 오롯이 내 탓이었다.

그러면서 글을 쓰겠다며 퇴사를 감행한 대학 선배와 훈련소 동기가 떠올랐다. 그들의 결정에다 대고 나는 조금 더 현실적으로 생각해보라는 같잖은 충고 대신 잘 해낼 수 있을 거라는 응원을 더했다. 그들에게 나는 몇 번째 응원을 더하는 사람이었을까. 참 다행스러운 것은 첫 번째였든, 마지막이었든 간에 적어도 나 또한 그들에게 '단 한 명의 응원'이 되었을 거란 사실이다.

어떤 일이든 그렇겠지만 꿈을 좇는다는 건요, 괴롭고 힘들고 외롭고,

그런데도 대책 없이 행복한 일이에요.

포기하지만 않으면, 할 수 있습니다.

귀퉁이와 밑줄

아주 정성 들여 읽었던, 그러나 아주 오랫동안 읽지 않았던 책을 읽는다. 그런 책들이 많다. 군데군데 귀퉁이가 접혀 있는 시집들. 또 몇은 접었다가 다시 펼쳐놓기도 했다. 한때는 심금을 울렸던 문장이 어느 날엔 지겹기도 했었나 보다. 그래도 접힌 자국은 여전히 선명하다. 겨우 몇 줄의 문장에 마음을 주고 난 자국도 이리 오래 남아 있는데, 사람이 사람에게 건네고 난 마음의 터에는 얼마나 오래 흔적이 남아 있을까.

시집의 접힌 귀퉁이가 한때 내가 골똘히 앉아 있던 자리라면, 소설의 문장 아래 그어둔 밑줄은 내가 누워 울었던 바닥이다. 유독 밑줄이 많이 그어져 있는 상실의 시대나 해변의 카프카의 문장들은 내 사춘기 시절의 아지트였다. 그것은 아무런 해결책도 되지 못하는 것들이었으나, 적어도 내 괴로움의 단면을 정확히 묘사해주었다.

꼭 그런 문장들에만 밑줄을 그었던 것은 아니었다. 곱씹으며 사람답게 살 수 있는 문장들, 의미를 알 순 없지만 아름다운 문장들, 슬프지만 꼭 한 번은 말하게 되는 문장들. 여러 곳에 그어진 밑줄을 보니 그 시절 많이도 뒤척였구나 싶다. 지나고 나서 다시 책을 읽으면 그 밑줄들이 내 독후감이나 다름없다는 생각이 든다. 수백 페이지의 책 한 권을 몇 십 줄 문장으로 줄여야 한다면, 나는 나의 밑줄들을 나열할 것이다.

수십, 수백의 시들 중 꼭 그 시의 귀퉁이를 접는 순간.
수천, 수만의 문장들 중 꼭 그 문장 아래에 밑줄을 긋는 순간.

수없이 많은 사람들 중 꼭 너를 사랑하기로 한 순간. 내가 이해하지 못할 아름다움과, 말할 수밖에 없는 슬픔과 그럼에도 불구하고 여전히 나를 사람답게 만드는 사람이 너라고 결정한 순간.

지나고 나서 내 진부한 젊은 날들을 줄여 말한다면
네가 나의 접힌 귀퉁이요, 진한 밑줄이라
내 길고 긴 날들이 곧 너의 이름이 될 것이다.

떼쓰는 삶

내 고향 김해에 드물게도 흰 눈이 폴폴 나리던 유년기의 어느 겨울, 우리 가족은 내가 초등학교에 입학하기 직전까지 버스도 쓰레기 수거 차량도 오지 않는 제도권 밖의 삼계동 귀퉁이에 살았다.

가난을 이유로 어린 자식에게 추위와 서러움을 가르칠 수는 없던 엄마는, 버스를 타고 히치하이킹을 해가며 재래시장에서 재첩을 사와 뽀얀 재첩국을 끓였다. 지금도 입이 짧아 날것이나 해산물 따위를 잘 먹지 못하는 나는 엄마의 그 고생도 모르고 재첩국에 입도 대지 않았고, 엄마는 혼도 낼 겸 재첩국도 먹일 겸 나를 집 밖으로 내쫓으셨다. 살을 에는 추위에, 어지간하면 "잘못했습니다" 하고 기어들어갈 법도 하건만 나는 몇 십 분을 독하게 서서 '무언의 떼'를 썼고, 그 덕분에(?) 재첩국은 먹지 않았지만 더 크게 혼나야만 했다.

비록 혼날지언정 막무가내로 떼쓰는 일이 그리 이상하지는 않았던 어린 시절. 삶 중에 그런 시절이 있다는 것은 어쩌면 다행인지도 모른다. 그저 "힘들다" 한 마디를 건네는 일조차

피차 힘들게 살아가는 서로에게 짐이 될까 싶어 입을 꾹 다물어야 하는 어른의 시절에 이르러 생각해보면 말이다. 떼쓰는 삶, 그것도 그 시절만의 특권이었으리라.

애쓰는 삶

　프리랜서의 삶이 다 그렇겠지만, 나 또한 핵심 역량을 파생시켜 이런저런 일들을 겸하며 생계를 꾸려왔다. 그 중 하나가 재수학원의 국어 강사 겸 자기소개서 컨설턴트였다. 재수를 해본 적도 없고, 딱히 치열한 고3 수험생 시절을 보낸 적도 없는 나로서는 대학에 간다는 일이 그리 심각하게 느껴지지 않았다. 공부를 한다. 수능을 친다. 원서를 넣는다. 신입생이 된다.

　끝.

　그랬던 내가 재수생들을 마주하면서 요즘의 학생들이 얼마나 '애쓰는 삶'을 살고 있는지 새삼 깨닫게 되었다. 오전 8시부터 밤 10시까지, 더 애쓰는 학생들은 오전 6시 반에 직접 학원 문을 열고 들어왔다가 밤 11시에 직접 학원 문을 닫고 나가기까지 한다. 그렇다고 그런 학생들 모두가 서울대, 연세대, 고려대 뭐 이런 대학을 희망하느냐 하면 그렇지도 않다. 중간 서열 정도의 대학을 가기 위해 청춘의 한때를 네모난 학원의 네모난 책상에서 네모난 책과 시험지를 붙들고 보낸다.

　그런 지점에서 비록 학생과 선생으로 만났지만 나 역시 비슷하게 '애쓰는 삶'을 살아왔다. 대단한 직업은 아니더라도 그런대로 먹고살 만한 회사에 취직할 수 있는 원래 학과를 놔두고서 취업률 집계도 제대로 되지 않는 국어국문학과로 전과했으니. 대작가가 되겠다던 오만과 편견의 시간은 겨울 노을보다도 빨리 저물고, 나는 꿈을 위해 '글을 쓰는' 대신 생계를 위해 무엇이든 '애쓰는' 인간이 되어야 했다.

애쓰느라 애달프고, 애달파도 애써야 했던 시절. 내 이십대는 애쓰느라 닳아버린 열정을 남겼다. 몽당연필처럼 뭉툭하게 닳아버린 열정으로 쓰는 모든 꿈과 희망들은, 식별하기 어려울 만큼 번지곤 했다.

비로소, 글 쓰는 삶

삶에서의 '계획'이라는 건 어쩐지 이 단계와 저 단계를 이어주는 '외줄' 같다. 그 외줄마저 없으면 다음 단계로 향하는 것이 아예 불가능하지만, 외줄이 있다고 해서 누구나 다음 단계로 향할 수 있는 것은 아니니까. 외줄처럼 위태로운 계획을 타고 삶을 살아가는 일 속에는 늘 수많은 변수들이 끼어든다. 그런 변수들은 계획이라는 외줄에 살을 더해 꽤 그럴 듯한 다리를 만들어주기도 하지만, 도달 직전의 외줄을 허망하게 끊어버리기도 한다.

국어국문학과로 전과한 후, 줄곧 글 쓰는 삶을 바라왔다. 남들이 자격증이다, 대외활동이다 하며 취직을 위한 스펙을 쌓을 때 나는 경주로, 고령으로, 진주로 백일장을 찾아다녔고 전국의 대학 문학상에 매월, 매주 시와 수필을 응모했다. 남들이 취업 스터디를 하며 시사상식을 공부하고 프레젠테이션 발표를 할 때, '여실지'라는 스토리텔링 창작 동아리에서 연극이며 영화를 보러 다니고 소설과 시를 썼다. 행복한 대학 시절이었다. 글 쓰는 일이 학업의 연장선이자 성장의 밑거름이 되던 시절이었으니.

　하지만 졸업하자마자 글 쓰는 일은 내가 하는 일의 대부분이면서 동시에 가장 무가치한 일이 되어버렸다. 그것은 돈이 되지 않았고 자격증처럼 증명할 수도 없었다. 마지막이라 생각했던 공모전에서 소위 '광탈'하고 나서 글 쓰는 삶을 포기해야겠다고 다짐했다. 내가 지은 외줄을, 내 손으로 끊어야겠다는 다짐이었다. 그것도 그 외줄의 한가운데에서.

쓰고 나면, 그게 다 내 삶*

100세 시대, 겨우 서른이 내뱉기엔 가소롭고 교만한 말일 수도 있으나, 떼쓰고 애쓰고 그러다 결국 글 쓰는 삶을 살면서 드는 생각은 우리네 삶은 결국 이야기이고 뭐가 됐든 일단 쓰고 나면, 그게 다 내 삶이 된다는 거다. 그러니까 진짜 중요한 건 '쓰는 일'을 멈추지 말아야 한다는 거다. 멈추는 순간, 우리 삶의 일부가 빈 페이지로 넘어가버리니까.

열정은 '활활 타오르는 불'이라기보다는 '오래도록 꺼지지 않는 불'이어야 한다는 진리를 뒤늦게 깨달았다. 어떤 목표에 이르기 위해서는 속도나 방향도 중요하지만 무엇보다도 멈추지 않는 것이 가장 중요하다는 것을. 포기하지 않으면, 어느 하루도 의미 없는 날은 아니라는 것을.

떼쓰는 것이 유년기의 특권이고 애쓰는 것이 우리 삶의 숙명이라면 글 쓰는 것은 내가 선택한 내 삶의 방편이다. 무엇이 되었건 쓰자. 쓰는 삶이야말로 살아 있는 삶이니까. 그렇게 살다 보면 어느 날엔 걱정 없이 펑펑 돈 쓰는 날도 하루쯤은 오지 않을까. 안 와도 어쩔 수 없고.

행복

사람들은 행복을 막 얻을라 카제.
우짜면 행복해질까. 행복을 어데서 찾아야 되나.

빈아 아부지가 살아보니까 행복이라 카는 거는
어디서 찾거나 얻거나 획득하는 그런 기 아니더라카이.

행복은 있제, 아끼고 보살펴서 키우는 기라.
꽃을 피우고 동물을 기르는 것처럼
자식을 낳아가 이래 이래 커가는 것처럼
그렇게 키우는 기 행복인기라.

빈아, 니가 벌써 이만큼 커가지고 글을 쓴다고 하니
아부지가 참말로 행복허다.
그래 이런 기 행복인기라.

Part 4
연애의 일상 일상의 연애

바람이 부는 순간

볕이 눈부시다 느낀 순간 이미 먼 데서부터 볕은 내리쬐고 있었다.

바람이 분다고 느낀 순간 이미 바람은 먼 데서부터 불어왔다.

사랑이라고 느낀 순간, 우리는 이미 알 수 없는 먼 데서부터 사랑해온 것이다. 삶의 모든 순간이 늘 한 발 늦은 까닭에 영문도 모른 채 아프고, 영문도 모른 채 행복하다. 루머인 줄 알았던 삶이 모두 사실로 밝혀지는 동안 늘 진실이기만 했던 사람. 이제는 혹여 네가 나를 사랑한 것이 거짓이라 해도, 나는 그 거짓을 사랑이라 믿겠다. 영문도 모른 채 무턱대고 시작된 삶을 그저 살아가는 것처럼, 사랑에 대해선 더 이상 이유를 묻지 않겠다.

서로가 서로의 태양이자 그늘이 되는 사람.

사랑한다는 말로 족한 삶이다.

어떤 친절함

연애 초기에 우리는 참 많이 다퉜다. 정확하게 말하자면, 나는 우리 사이의 '다툼'을 다루는 법을 몰랐다. 나는 어떤 문제가 생기면 따지고, 분석하고, 해결하려 하는 사람이었다. 글을 쓰고, 감수성이 풍부하다고 믿었는데 정작 문제를 대하는 태도는 철저히 이성적이었다. 반면에 아름이는 문제가 생기고 화가 나면 일단 입을 꾹 닫아버리는 사람이었다. 연애 초기에는 그런 아름이의 태도가 답 없이 상황을 회피하고 지연시킨다고 오해했다. 그래서 사실 다툼의 원인은 대부분 사소했는데, 오히려 다툼을 다루는 과정에서 더 많은 다툼이 생겨났다. 어느 순간엔, 왜 다퉜는지는 더 이상 중요하지 않게 되어버릴 만큼.

몇 년이 지나고 나서야 나는 우리가 각자의 방식으로 문제를, 자신의 화를 대한다는 걸 이해했다. 아름이는 상황을 회피하거나 지연시키려던 게 아니라 단지 시간이 필요했을 뿐이었다. 얼마간 시간이 지나고 나면 우리는 조금 더 다정하게 꼬여버린 서로의 감정을 차근차근 풀어낼 수 있었다.

그래서 어떤 친절함은 오히려 무심함의 모습일 때도 있다. '그냥'이라는 대답에 답답해하며 이유를 캐묻는 대신, 무심하게 아무것도 묻지 않는 친절함. 입을 꾹 닫는 일방적 침묵에 초조해하며 말을 거는 대신, 잠자코 그 침묵의 시간을 함께 기다려주는 친절함. 그리고 그런 종류의 친절함은 서로에 대한 신뢰 덕분에 가능했다.

사람이 사람과 만나는 일은
결국 사람이 사람다워지는 일과 다르지 않았다.

실수의 모습으로

실수로 신청한 강의에서 그 사람을 만났다.

실수로 누른 '좋아요'가 서로의 공감대가 되었고

실수로 술을 좀 과하게 마셨고,

실수로 네 생각이 났다.

처음엔 실수였지만 나중엔 실수인 척, 너를 찾았다.

그렇게 어떤 행운은 실수의 모습으로 찾아온다.

사람 모양 사람*

한 사람과 오래 알고 지낸다는 건, 둘만의 신호들이 쌓여가는 일이기도 하다. 아름이와 나는 알고 지낸 지는 12년쯤 되었고, 사랑하는 사이로 지낸 지는 10년이 되었다. 굳이 연인 사이의 애칭이나 별칭 같은 것이 아니더라도, 우리에게는 둘만의 신호들이 꽤 쌓여 있다.

그중 비교적 최근에 만들어진 것이 바로 '○○ 모양 ○○'이다. 3주 전이었나, 일요일 오전에 만나 광안리를 산책하러 가는 길 한쪽 난전에 싸구려 신발들이 진열되어 있었다. 그걸 유심히 보던 아름이가 대뜸,

"나는 스물셋에 빈이한테 나이키 운동화 선물받기 전까지 늘 저런 신발 모양 신발만 신었어. 왜 시장에 가면 그냥 '신발 가게'라는 간판을 달고 갖가지 싸구려 신발을 싼값에 팔잖아. 그런 곳에서 산 신발들. 분명히 신발이긴 한데 편하지도 않고, 예쁘지도 않고, 금방 해지고. 그때는 몰랐는데 빈이가 사준 나이키 신발 신고 나서 깨달았지. 아, 이런 게 신발이구나."

나는 원래 신발을 좋아했고, 때마침 스물셋에 나이키에서

227

아르바이트를 하던 중이라 자연스럽게 운동화를 선물했던 것인데, 아름이에겐 특별한 기억이었나 보다. 당시에도 아름이가 너무 좋아해서 "앞으로 름이 신발은 내가 사줄게"라고 말했는데, 다행히 10년째 그 약속만은 지켜내고 있다.

아무튼 그날 아름이가 말한 '신발 모양 신발'이라는 표현이 재미있어서, 광안리로 향하는 동안 우리는 '○○ 모양 ○○'인 것들에 대해 대화를 나눴다. 최근에 내가 샀던, 겨우 세 번의 착화 만에 뒤꿈치 가죽이 찢어진 닥터마틴 구두도 유명 브랜드이긴 하나 '신발 모양 신발'이었다. 또 '책 모양 책'도 있다. 철저히 주관적이지만 우리 커플에게는 '겉표지만 그럴싸하고 내용은 시답잖고 유치한 감성 문장으로 채워진 책'은 책 모양 책에 불과했다. 편의점 도시락이나, 대충 허겁지겁 때우는 인스턴트 식사는 '식사 모양 식사', 앞에선 사랑을 말하며 뒤로는 외도를 하는 연인들은 '연인 모양 연인'이었다. 그날 이후로 우리에게 '본질적인 것을 놓친, 허투루 만들어진, 겉만 번지르르한' 등등의 부정적인 의미를 가진 것들은 모두 '○○ 모양 ○○'이 되었다.

대화 마지막에 아름이는 "그러고 보면, 사람이라고 다 같은 사람은 아니야. 사람 모양 사람도 있지. 속되게 '인간 같지도 않은 것들'이라고 부르는 사람들 말이야"라고 말했다. 그렇다. 묻지 마 살인자들, 파렴치한 사기꾼들, 아동 성폭행범 등등. 그들은 사람이라기보다는 '사람 모양 사람'에 가깝다. 사람의 형상을 하고서 사람이라면 결코 해선 안 되는 짓을 했으니까.

하지만 꼭 그렇게 극단적인 이유로만 사람 모양 사람이 되는 것은 아니다. 때로 별것 아닌 일에 치졸해지고, 대의를 위하는 척 위선이나 위악을 떨고, 마땅히 지켜야 할 서로의 신뢰를 무참히 져버릴 때. 사람은 그 순간마다 사람 모양 사람이 되곤 한다.

'○○ 모양 ○○' 이야기는 광안리에 이르러 그쳤다. 겨울 냄새가 조금 섞인 가을 아침, 바다의 물결에 부서지는 햇살의 부스러기들이 너무 아름다웠기 때문에. 우리는 아름다운 것 앞에서 마음을 홀릴 줄 아는, 다행스러운 사람이었으니까. 그날 이후로 뜨문뜨문 이런 생각이 들곤 한다. 어느 하루라도 사람 모양 사람이 되어버리지는 않아야 할 텐데. 언제까지고 사람이어야 할 텐데, 하는 생각이.

공원

어제는 아름이와 둘이서 술을 꽤 많이 마셨다. 그래 봤자 소주 4병이었지만, 주량이 얼마 되지 않는 우리에게는 가히 기록적인 과음이었다. 삼겹살에 김치찌개와 소주 4병. 깊고 오랜 관계들이 으레 그렇듯 꺼내 먹을 추억이며 그리움들이 충분했다.

우리는 밉고도 사랑스러운 사람들에 대해서, 불귀의 객이 되어버린 사람들에 대해서, 서로의 상처에 대해서, 다친 손가락과 만성적인 통증에 대해서 얘기했다. 그러다 아버지에게 술기운이 아니면 하지 못할 전화를 하고, 내 동생 경인이와 아름이의 쌍둥이 여동생 D에게 카톡을 보냈다. 부끄러운 줄도 모르고 꽤 많이 울었다. 지독히도 정확한 맞춤법이 오히려 만취의 증거가 된다는 것도 모르고, 오타 없이 문자를 찍어보려 눈에 가득 힘을 줬다. 내일은 숙취로 하루 종일 괴로울 것이란 예감을 뒤꿈치에 달고서 집으로 돌아가 잠들었다.

그런데 오늘, 예감과는 달리 신기하리만치 개운했다. 소주가 속을 씻어내기라도 한 것처럼. 새벽 6시 반에 눈이 떠졌다. 억지로 몇 시간쯤 더 자고 일어나 샤워를 하고, 빨래를 하고,

청소기를 돌리고, 라면을 끓여 먹었다. 바깥 공기를 쐬고 싶어 편의점에서 아이스크림을 사들고 돌아오는 길. 오늘따라 동네 공원에 앉아 하늘이나 좀 보면 어떨까 싶었다.

가을 아침 햇살을 담요처럼 덮고서 느리게 걷는 고양이와 그보다 더 느린 걸음으로 낙엽길을 걷는 노인. 아기의 웃음소리와 앙칼진 강아지 짖는 소리. 멀리서 들려오는 "며르치 사이소, 며르치" 하는 트럭 소리와 벌컥 창을 열고 이불 터는 소리. 간밤의 먼지며 머리카락들이 허공에 흩날리는 순간. 청명한 하늘과 흩어진 구름, 색색의 단풍과 길 가장자리에 쌓인 노란 은행잎. 그 모든 장면 가운데 칠 벗겨진 벤치에 앉아 녹차 아이스크림을 먹는 시간.

문득 어제의 취기가 꿈처럼 느껴졌다. 다행히 무엇 하나 잃은 것은 없었다. 술에 취하고도 무뚝뚝한 아들과 유난히 다정한 아름이의 전화를 받은 아버지의 기분이 그리 나쁘진 않았을 것 같았다. 동생과 D에게 보낸 문장도 후회되거나 부끄럽진 않았다. 게다가 숙취도 없고 날씨는 좋고 녹차 아이스크림은 맛있다. 무엇보다도 전날 밤을 되새겨보기에 더없이 좋은, 한적하고 별 볼 일 없지만 다정한 공원에 앉아 있다.

가끔 어제처럼 취해보는 것도 나쁘지 않겠구나. 아름이와 함께라면, 그리고 이런 공원이 근처에 있다면. 퉁퉁 부은 얼굴로 공원을 나서면서 그런 생각이 들었다.

믿는 일

아름이와 소맥 한잔 하고 우리 대학 생활의 추억이 고스란히 담긴 밤의 캠퍼스를 걸었다. 우리는 늘 그랬듯, 걸음마다 자분자분 풍족한 추억들을 되새겼다. 힘들 땐 홀로 곧게 서 있는 일보다 서로에게 비스듬히 기대어 있는 일이 더 편안하다. 아름이는 내게 지금의 이 막막함이 결코 영원하지 않을 것임을 안다고 했다. 그러니 걱정하지 말라고.

사실, '안다'고 말할 수 있는 것들은 모두 과거의 것들이다. 경험적 지식으로, 겪고 나서야 비로소 알게 된 것들이다. 물론 겪은 바를 미루어 예측할 수도 있겠지만 그건 엄밀히 말해 '아는 것'이 아니라 '알 걸?' 정도에 그친다. 해서, 아름이와 내가 알고 있다고 말하는 것들은 사실 '아는 것'이 아니라 '믿는 것'이다. 우리는 잘 해낼 것이라고, 이 막막함은 끝날 것이라고, 우리는 더 행복해질 것이라고.

믿는 일은 지난 10년 내내 우리가 가장 꾸준히 해온 일이다. 사랑한다고 말한 후로 아름이와 나는 무조건, 무한정 서로를 믿었다. 나는 누가 봐도 잘난 것 하나 없고, 자갈길만 골라 걷는 남자인데도 아름이는 그 수많은 잘난 남자들을 놔두고 나를 사랑해주었다. 나도 모를 내 안의 가능성을 믿어준 거라고 할 수밖에.

그래, 일단 믿고 봐야겠다. 새삼 페이스북 가입 때 종교 란에 '사랑'이라고 기입했던 것이 생각난다. 완전하다는 신은 믿지 못하면서 불완전한 한 남자 혹은 한 여자를 끝도 없이 믿는 일은, 사랑이 아니면 할 수 없는 것이다.

여전히 우리는*

샤워를 하면서 어쩌다 한 번쯤, 거울 속의 내 얼굴이 영 못 봐줄 정도는 아니라고 생각해본 적이 있다. 결코 잘생겼다고 할 수는 없지만 거울 가까이 얼굴을 갖다 대고 가만히 쳐다보고 있노라면, '뭐 대충 이정도면 어때' 싶어지는 것이다. 딱히 피부 관리를 한 적이 없어서 여기저기 여드름 흉터, 그리 쫀쫀하지 못한 모공, 콧등에 선명한 피지들까지. 불만스럽기로 마음먹으면 한도 끝도 없지만 어쩐지 정이 갔다. 여태 이 얼굴로 살아왔고, 앞으로도 지금과 비슷한 얼굴로 살아갈 테니까. 특별히 성형을 하거나 사고를 당하지 않는다면.

하지만 정반대의 경우도 있다. 이게 정말 내 얼굴인가. 이런 얼굴로 누군가를 만나고, 대화를 하고, 추잡스럽게 웃어댔단 말인가. 아니, 그보다도 이런 얼굴로 계속 살아가야 한단 말인가. 뭔가 잘못된 얼굴을 달고 있다는 생각이 드는 그런 때. 물론 거울에겐 잘못이 없으니 문제는 전적으로 내 얼굴에 있다. 고등학생 때였나, 늦잠을 자고 일어나 급하게 씻고 나와서 얼굴에 로션을 바르다가 울컥 눈물이 났던 적도 있었다. '세상

에, 왜 이 따위로 생긴 거야. 어제까진 이렇지 않았잖아. 이 정도는 아니었잖아.'

최근에 나는 인생 최대 몸무게를 경신하고 있다. 중학생 때부터 20대 중반까지 지켜오던 70~75kg 몸무게 상한선이 무참히 깨졌다. 거의 90kg에 육박하는 몸무게는 L 사이즈를 XL 사이즈로, 32인치를 34인치로 늘렸고 그러잖아도 큰 하관을 더 튼실하게 만들었다. 하지만 우리의 감각과 인식이란 늘 스스로에게만 관대해서 어쩐지 이 모습도 매일 보니 그리 충격적이지 않게 되었다. "야, 너 살이 많이 쪘구나." 거울을 보며 마치 남의 일처럼 툭, 한 마디 던질 뿐이었다.

그런데 아직 벚꽃이 만발했던 어느 주말에 D의 가족과 경주에 다녀온 뒤로, 나는 다시 충격에 빠져야 했다. 경주에서 찍었던 수십 장의 사진들을 보는데 고등학생 때의 울컥함이 다시 치밀었다. '이게 나라니. 이 따위 모습으로 잘도 벚꽃 구경을 하고, 웃고, 사진을 찍었단 말이지. 염치도 없이.' 내가 내 얼굴에 당황스러워하는 동안 아름이는 나를 위로했다. 이 사진이 이상하게 나온 거라고, 여기 이 사진은 괜찮지 않느냐고, 빈이는 잘생겼다고.

여기서 잠깐, 아름이가 좋아하는 배우를 읊어보자면 소지섭, 감우성, 차승원, 이동욱, 공유 등등. 그러니까 아름이가 나에게 잘생겼다고 말해주는 건 연애 10년 동안 정말 단단히 콩깍지가 씌었거나(사실 이 정도면 거의 실명 수준인데), 마음씨가 참

곱거나 둘 중 하나일 수밖에 없다. 어느 쪽이든 감사한 일이다. 엎드려 절 받기, 눈 가리고 아웅. 그렇다는 걸 다 알지만 그래도 아름이의 위로는 나를 안심하게 만든다. '아, 적어도 이 여자에게만큼은 (설령 그 말이 거짓이라도) 나는 괜찮은 남자인 거구나' 하면서.

거울과 사진은 둘 다 내 모습을 그대로 담아낸다는 점에서 공통점이 있다. 하지만 어쩐지 거울은 때에 따라 내 마음대로의 인식적 왜곡이 가능한데 반해 사진은 그렇지 않다. 지극히 객관적이다. 변명이나 회피의 여지가 없다. 그 순간의 내 모습이 그랬다는 명백한 증거로서 사진은 가차 없이 나 스스로를 나에게 보여준다. 그래서 근본적으로는 피사체가 괜찮은 외모를 지니기 위해 노력해야 하겠지만 그게 어렵기 때문에 사람들은 '얼짱 각도'를 찾고, 보정 효과가 좋은 카메라 어플을 사용해서 순간의 자신을 기록하는 건지도 모른다. 분명 내게도 좀 더 나은 각도가 있을 것이다. 칙칙한 얼굴색을 환하게 보정하면, 좀 덜 촌스러워 보일 수도 있을 것이다.

그렇게 생각하니, 이런 나를 좋다고 말해주는 아름이의 노력이 새삼 대단하다. 어쩌면 연인이라는 게, 서로 최선의 각도에서 서로를 바라보는 그런 관계 아닐까. 아무리 엉망진창이어도, 그런 와중에도 잘생기고 예쁜 구석을 찾아내고야 마는 그런 관계. 자기 눈의 보정 효과를 풀가동해서, 보잘것없는 한 사람을 세상에서 가장 사랑스럽게 바라볼 수 있는 그런 관계.

가끔 도저히 구제할 수 없을 만큼 망가진 날에도 "괜찮아, 넌 여전히 너인데"라고 말하며 사랑했던 날들의 기억으로 보듬어 줄 수 있는 관계.

　물론 나는 운동을 하고, 살을 빼고, 나에게 어울리는 옷을 고를 것이다. 책을 읽고, 일을 하고, 더 괜찮은 사람이 되기 위해 노력할 것이다. 나 스스로가 더 괜찮은 피사체가 되기 위해 나름의 최선을 다할 것이다. 우리가 서로의 눈에 담는 모든 순간들이 아름답고 행복한 장면이 될 수 있도록. 힘들고 슬픈 날들도 시간 지나 돌이켜 보면 쓸쓸한 낭만일 수 있도록. 그리하여 그 기억들로, 모든 걸 포기하고 싶은 어느 늦은 밤 서로에게 "괜찮아, 여전히 너는 너고, 여전히 나는 나잖아. 여전히 우리는 사랑하고 있잖아." 위로를 건넬 수 있도록.

등 긁어주는 사람*

나는 유난히 내 등과 어색한 사이다. 유연성이나 자세의 문제일지도 모르겠고, 그저 타고난 뼈의 위치가 그렇게 생겨먹은 탓일지도 모르지만 아무튼 나는 내 등과 참 멀고도 어색하다. 양손을 각각 위아래로 등 뒤에서 깍지 끼는 자세는 한 번도 해본 적이 없다. 뒷목 아래 3cm 정도, 허리 조금 위. 내가 내 손으로 닿을 수 있는 등의 영역이란 겨우 그 정도다. 사실상 등 면적의 80% 정도는, 내 몸이면서 내 몸이 아닌 셈이다. 나는 몸에 비해 팔도 꽤 긴 편인데도 그렇다. (다리가 길었어야 하는데.)

해서, 나는 샤워타월만 쓰고 샤워볼은 엄두도 못 낸다. 등에 손이 닿지 않으니까. 아직 아름이와 서로 '등을 트지 않았을 때'까지만 해도 효자손은 필수였다. 고시원에서 살 때 우스꽝스러운 자세로 문손잡이에다가 등을 비벼 긁어야만 했던 기억도 있다. 여름에 등 한가운데 모기라도 물리면 비상사태다. 적어도 내가 기억하는 약 25년 동안, 스스로에게 등이란 늘 어려운 곳이었다.

그런데 참 아이러니하게도 등은 늘 서로에게는 편하고 가까운 곳이었다. 앞에서 말로 다 못한 감정들이 뒤돌아 터덜터덜 걷는 등에 묻어나기도 했다. 서로의 가슴에 손을 얹는 사이는 흔치 않지만, 우리는 한 번쯤 묵묵히 누군가의 등을 두드려준 적이 있다. 이십대 초반, 낯선 동네의 허름한 목욕탕에서 노인의 고목 같은 등을 밀어주며 나는 생각했다. 등은 서로에게 남겨두는 객지 같은 거구나. 이렇게 서로가 서로에게 다정히 들렀다 가는 곳이구나.

정확히 기억은 나지 않지만 4년쯤 전부터 우리 커플은 서로에게 등을 텄다. '등을 트다'라는 표현이 낯설 수도 있지만 내용은 별거 없다. 등이 가려울 때 서로 긁어주게 되었단 의미다. 처음엔 별로 내키지 않았다. 내 등이 백옥같이 매끈한 것도 아니고, 보통 등이 가렵다는 건 막 씻고 나온 상태라기보다는 하루의 찌꺼기가 등에 쌓여 있는 상태일 테니까. 그런 등을 내보이는 것도 별로인데, 아름이 손으로 그걸 긁게 하다니. 그런데 사랑의 힘인지, 세월의 힘인지는 몰라도 이제 우리는 서로의 등을 긁어주는 사이가 되었다.

유난히 등이 멀기만 했던 내게 '등 긁어주는 사람'이 있다는 건 이루 말할 수 없는 기쁨이었다. 빼앗겼던 땅 덩어리를 되찾은 기분, 신체의 구성이 완전해지는 기분이랄까. '등아, 네가 거기 있었구나' 하는 감각을 여실히 느낄 수 있었다. 나와 달리 스스로 등 전체를 샅샅이 짚어낼 수 있는 아름이도 굳이 내게 등을 내어주는 걸 보면, 제 손으로 긁는 것과 다른 사람의 손에 긁히는 것의 손맛이 다르긴 한가 보다.

어제는 내가 등을 긁어주는데 아름이가 대뜸 이런 얘길 했다. "있잖아, 참 신기하지? 사실 별로 등이 가렵지도 않았는데, 긁기 시작하면 엄청 시원하단 말이야." 듣고 보니 그랬다. 가끔은 별생각 없는데도 아름이가 갑자기 "등 긁어줄게!" 하는 바람에 등을 내어준 적도 있는데, 그럴 때마다 "근데 별로 안 가려워, 그만해도 될 것 같아"라고 말하지 않았다. 기다렸다는 듯이 등이 시원했으니까. 정말, 기다렸다는 듯이.

어쩌면 등은 정말로 그 손길을 기다리고 있었던 게 아닐까. 혼자가 익숙해진 그 누구라도, 반가운 얼굴을 만나면 마음이 들뜨는 것처럼. 무언가에 익숙하다는 것이 곧 그 무언가를 좋아한다는 건 아니다. 우리는 전혀 달갑지 않은 상황이나 감정에 익숙해져야만 하는 삶을 살고 있으니까. 등도 제 몸의 주인에게 외면 받는 고독이 익숙할지언정 좋지만은 않았을 테다. 특히 나처럼 뻣뻣한 주인을 만난 등이라면 그 고독은 더했을 터. 그런 등에게 아름이의 손길은 마치 반가운 말동무 같았을 것이다.

손톱 끝으로 슥, 슥 훑어내리는 그 짧은 순간에 내가 "름아, 거기, 거기. 아이고 시원하다" 하고 뱉었던 그 말은 사실, 등이 하는 말이었던 거다. "있잖아. 내가 되게 외로웠거든. 와줘서 고맙다. 여기 날개뼈 아래쪽이랑, 옆구리 쪽도 들렀다 가."

내 몸에서 가장 외면 받는 곳. 거울이 아니면 절대 내 눈으로 마주할 수 없는 곳. 등은 아무리 힘들어도 제 몸의 주인에게는 온전히 위로받지 못한다는 생각이 들었다. 그러니까 사람은 제 등을 위해서라도, 오직 그 이유 때문만이라도 등을 내어줄 수 있는 사람이 필요하다. 말없이 등을 두드려주는 사람. 외로울 때 뒤에서 따뜻하게 등을 껴안아주는 사람. 가끔 아무 이유 없이 서로의 등을 긁으며 등의 안부를 묻는, 그런 사람이.

나의 뮤즈

"왜 길이라는 게 그렇잖아. 초행길은 목적지까지 얼마나 걸릴지 몰라서 멀게 느껴지지만, 한번 알고 나면 더 가깝게 느껴지지. 근데 우리가 함께 해온 지난 10년의 길이, 또 앞으로 가야 할 길이 매번 초행길이라서 가끔 답답하고 불안하기도 했던 것 아닐까.

이쯤 걸었으면 뭔가 편안하고 근사한 곳에 도착할 법도 한데, 왜 우리는 여전히 길 위인 건지. 왜 하염없이 걷고만 있는 건지.

그래도 함께 걸어온 길이 있어서 좋고, 함께 걸어갈 길이라서 좋아. 여태 걸어온 덕분에 우리만의 길이 이어졌고, 앞으로도 계속 같이 걷다 보면 꼭 어딘가에 도착하지 않아도 늘 함께일 테니까 그것도 좋아.

빈이랑 함께한 10년이 좋아. 계속 같이 걷자."

아름이는 분명 나보다 글을 잘 쓸 텐데, 항상 다이어리만 쓴다. 그래서 나는 '뮤즈'라는 그럴 듯한 명분으로 아름이를 표절한다. 아름다운 것을 아름답다고 말하는 것도 표절이라면.

등은 아무리 힘들어도 제 몸의 주인에게는 온전히 위로받지 못한다는 생각이 들었다. 그러니까 사람은 제 등을 위해서라도, 오직 그 이유 때문만이라도 등을 내어줄 수 있는 사람이 필요하다. 말없이 등을 두드려주는 사람. 외로울 때 뒤에서 따뜻하게 등을 껴안아주는 사람. 가끔 아무 이유 없이 서로의 등을 긁으며 등의 안부를 묻는, 그런 사람이.

함부로 목숨 걸지 않는 사랑

스물에 아름이를 만나 어느덧 둘 다 서른이 되었다. 연차로 보나, 나이로 보나 이제 결혼이 어울릴 나이인데 돈이 없어 미루고만 있다. 많은 인생 선배들은 '아무리 없어도 살면, 다 살아지더라'라는 말을 한다. 그래, 막상 닥치면 산 입에 거미줄 치겠는가. 어떻게든 살아지기야 할 테지만, 아직 우리는 '살다 보니 살아지는 삶'을 받아들이고 싶지 않았다.

아무튼 연애를 10년이나 했다는 것, 특히 스물에 만나 서른이 되는 동안의 기간이라는 것, 이십대 전체를 한 사람과 함께 했다는 것이 아주 흔한 일은 아닌가 보다. 심지어 결혼을 하고 아이까지 가진 웬만한 신혼부부가 함께한 세월보다도 더 긴 세월일 수도 있으니까. 해서, 가끔 아는 후배나 친한 친구들이 무슨 '연애의 비법' 같은 걸 묻기도 하고, 고민 상담을 해오기도 한다. 그럴 때마다 딱히 해줄 말이 없다. 우리는 계획을 세워 연애를 한 것도 아니고, 어떤 비법으로 실타래처럼 엉킨 마음을 단박에 풀어낸 적도 없으니까. 그저 사랑하며 연애하다 보니 10년이 지났다. 이렇게 말하고 나니 문득 '살다 보니, 살아지는' 결혼에도 조금은 자신감이 생기는 것도 같다.

가끔 그들은 유치한 질문을 던지기도 한다. "야, 너는 아름이를 위해서 죽을 수도 있냐?" 내 대답은 간단하다. "어, 당연하지." 너무 간단해서 그 진정성을 의심하는 친구들도 있다. 그래도 어쩌겠는가. 지난 10년 동안 몇 백, 몇 천 번은 더 스스로에게 되물었던 대답이니 구태여 고민하는 척, 연기를 할 필요도 없다. 대답을 들은 친구들은 날 의심하거나, 재수 없다고 한다. 그런데 그 이후에 내가 늘 덧붙이는 얘기가 있다.

"근데 긴박한 상황에서 목숨 걸겠다고 말하는 거, 사실 그렇게 어려운 거 아니야."

지하철 선로에 떨어진 취객을 구한 의인, 물에 빠진 사람을 구한 의인, 그런 분들의 희생정신을 폄훼하려는 건 절대 아니다. 그분들은 진짜로 목숨을 걸고 행동했다. 다만 다짐하는 것과 실천하는 것의 차이는 아주 크다. 영웅 심리에 빠진 사람은 많지만, 진짜 영웅은 극소수인 것처럼.

내가 덧붙였던 말의 의미는 '목숨을 걸 수 있다고 말하는 것'은 그리 어렵지 않다는 것이다. 내가 이렇게 단정 짓는 데에는 나름의 근거가 있다. 우리는 목숨도 다 내어줄 수 있다고 말하면서 자식을 학대하는 부모나, 패륜을 저지르는 자식들의 끔찍한 기사를 너무나도 많이 봐왔다. '너를 위해 죽을 수는 있지'만 다툰 후에 '절대 내가 먼저 연락할 수는 없는' 연인들의 자존심 싸움은 너무 흔한 레퍼토리다. 심지어 '연애 고

수'를 자청하는 사람들은 그런 류의 자존심 싸움에 전략이라는 구실로 같잖은 조언을 던지기도 한다. 갑이 되어야 한다느니, 밀당에도 타이밍이 있다느니, 일부러 약속 시간보다 늦어야 한다느니 하는, 나로서는 도저히 이해하기 힘든 조언들.

그런 것들을 보고 듣노라면, 궁금해졌다. 목숨까지도 내어줄 수 있다는 사람들이 왜 저럴까. 왜 저렇게 아무것도 아닌 일들에 목숨을 거는 걸까. 그렇다고 그들의 말을 논리적으로 반박하는 것도 의미가 없다. 애초에 그건 논리의 문제가 아니라, 각오와 다짐과 만용의 문제니까. "난 자존심 상해서 죽어도 먼저 연락은 못하지만, 걔를 위해서라면 죽을 수는 있어." 당사자가 그렇다고 한다면, 뭐 그런 거겠지. 목숨보다 버리기 어려운 것들이 있는 거겠지.

꼰대처럼 보일까 봐, 절대 먼저 말을 꺼내지는 않지만 누가 내게 물어보면 조심스레 하는 말이 있다. "감각의 사랑을 하자." 손에 잡히지도 않는 목숨 건 사랑 말고, 매 순간의 사소한 일상에서 내내 느낄 수 있는 그런 사랑. 우리네 삶에서 서로를 위해 목숨 내던져야 할 긴박한 상황은 사실 한 번 겪기도 어렵다. 하지만 서로 함께하는 일상은, 말 그대로 매 순간을 함께 겪는 일이다. 지금 당장 서로의 사랑을 느껴야 한다. 진짜 목숨 걸어야 하는 순간이 오면 목숨은 그때 가서 걸자.

뭔가 대단한 걸 베풀고 나면 사소한 것쯤은 어떻든 상관없다는 식의 오만불손함은 누구나 저지를 수 있다. 길든 짧든, 연애를 진득하게 해본 사람이라면 안다. 사실 사소한 것이 가장 소중한 것이라는 이치를. 말 한마디, 연락 한 번, 표정 하나가 하루의 온도를 바꾸고 사람을 살린다.

사소한 것 하나 챙기지 못하면서 '나는 너를 위해 무려 목숨까지 걸 수 있어. 너에 대한 내 사랑이 이렇게나 대단해. 그런데 너는 왜 내 맘을 몰라주니' 같은 말을 하는 게 바로, 상대에 대한 오만불손함이다.

연애는 커다란 한 덩이로 퉁 치는 거래가 아니다. 아주 잘게 조각 난 퍼즐을 함께 맞춰가는 과정이다. 모든 조각들이 반드시 제자리에 있어야 한다는 강박을 가질 필요도 없지만, '이딴 조각쯤이야' 해서도 안 된다. 연애의 날들에는, 목숨보다 먼저 내어주어야 할 것들이 많다. 사랑은 목숨이 아니라 마음을 떼어주는 일이다.

낭만이라는 이름의 악력

다음이 정해져 있지 않은, 낭떠러지 같은 졸업을 앞두고 있던 스물여덟 여름. 나는 밤마다 캠퍼스의 후미진 곳에 있는 철봉에서 턱걸이를 했다. 어깨보다 조금 더 넓게 봉을 잡고서, 열 번 남짓 중력에 저항했다. 낭떠러지를 대비하는 것처럼, 추락만은 않겠다는 것처럼. 녹슨 철봉에 매달려 턱걸이를 하고 내려오면 손바닥엔 버팀을 증명하는 굳은살이 박이고 오래된 쇠의 비릿한 냄새가 뱄다.

4세트 정도 하고 나면 부풀어 오른 광배근 때문에 겨드랑이가 근질거렸다. 아직 팔과 어깨, 그리고 등에는 내 한 몸쯤이야 끌어당길 힘이 남아 있었다. 하지만 나는 얼마 못 가 철봉에서 무력하게 떨어져야 했다. 온몸을 끌어당길 근력을 남겨두고서도, 그저 매달려 있을 악력이 부족해서. 추락의 자리가 여전히 지상이라는 것은 다행스러운 일이었다.

악력의 부족으로 포기하게 되는 일들. 연애의 나날에도 이런 일은 종종 일어난다. 아직 서로를 더 사랑할 수 있으면서도, 며칠이나 몇 달 더 서로를 끌어당겨 안을 사랑의 근력이 남아 있으면서도 끝내 헤어지고 마는 연인들. 그들에게 부족했던 건, 사랑이 아니라 낭만이었던 게 아닐까. 터무니없이 막막한 현실 속에서도 낭만의 악력은 서로를 버틸 힘이 된다. 사랑은 밥을 먹여주지 않지만 낭만은 허기마저 아름다운 것으로 착각하게 만들어준다. 끝내 헤어지고 난 후, 서로를 꽉 쥐고 있던 낭만의 손아귀에서도 상처를 견뎌낸 굳은살이 박여 있겠지. 녹슨 사랑의 비린내는 오래오래 남겠지. 그러나 여전히 지상의 삶을, 또 다른 지상의 사랑을 하겠지.

삶도 사랑도, 낭만만큼 아름답고 꼭 그만큼 서럽다. 낭만의 악력만큼 끈질기고 꼭 그만큼 처절하다. 그러나, 그럼에도 불구하고, 기어코, 낭만이 없었다면 그 무엇도 나는 버티지 못했을 것이다. 나는 그렇게 믿는다.

어설픈 성공보다는

아름이는 추운 겨울밤에 작고 반짝이는 것들을 사랑한다. 둘 사이에 뭔가 빈정 상하는 일이 있더라도, 그래서 입술을 꾹 닫고 걷더라도 골목을 돌아 나선 곳에 불빛이 반짝이는 크리스마스트리나 리스가 나타나면 와, 하고 나오는 탄성을 감추지 못한다. 그 덕에 자칫 언쟁으로 이어질 뻔한 둘 사이의 냉랭한 기운을 무난히 넘긴 적이 많았다. 매년 겨울마다 그런 식으로 길거리의 반짝이는 불빛들에게 진 빚이 많다.

4년 전 겨울 어느 토요일 밤. 아름이와 나는 얼큰하게 취해 방에 누워 있었다. 취기에 잠은 오지 않고, 그렇다고 어디 가서 뭘 더 먹기엔 배도 부르고. 그렇게 둘이 이런저런 얘기를 하다 보니 어느덧 자정을 넘긴 시간. 아름이는 뭔가 다짐한 듯한 표정으로 주섬주섬 외투를 챙겨 입으며 말했다.

"반짝반짝하고 예쁜 거 보러 가고 싶어. 크리스마스트리 같은 거."

그 새벽에 문을 연 가게라고는 온통 술집뿐이어서 우리가 갈 곳은 이미 정해져 있었다. 지하철 2호선 문전 역 앞 BIFC

금융단지에 있는 부산은행. 당시 부산은행 앞에는 꽤 큰 규모의 줄전구로 크리스마스 분위기를 내는 광장이 있었다.

배도 부르고 기분은 상기되어서 겨울 파카를 입고 나선 우리는 지하철 5개 역 거리, 도보로 약 40~50분 거리를 신나게 걸었다. 칼바람을 맞으면서도 반짝반짝하고 예쁜 것들을 볼 생각에 노래도 부르고 막춤도 추면서 부산은행으로 향했다. 드디어 저기 앞에 문전 역 1번 출구가 보일 때쯤, 우리는 불안한 어둠을 감지했다.

분명 이쯤부터 불빛들이 보여야 하는데, 저기 부산은행 간판도 보이는데 우리가 바라고 바라던 불빛들은 보이지 않았다. 이미 100m 전부터 그 적막한 어둠을 확인했으면서도, 우리는 믿지 못하는 사람들처럼 기어코 현장에 도착했다. 자정이 넘으면 모든 줄전구들도 소등한다는 걸, 우리는 겨울 새벽을 1시간 가까이 걸어온 후에야 알게 되었다.

실망감에 온몸의 체력과 온도가 급격히 떨어졌다. 풀이 죽은 우리는 텅 빈 대로에서 택시를 잡아타고 다시 집으로 돌아갔다. 돌아가는 데 걸린 시간은 10분이 채 걸리지 않았다.

매년 겨울마다 그날의 기억은 우리의 단골 술안주다. 그땐 그랬지, 하면서 깔깔 웃어넘길 일들이 많아 참 좋다. 유난히 추웠던 얼마 전에도 그날을 얘기하면서 아름이는 "그러고 보면 어설픈 성공보다 대실패가 더 나아. 그날 만약 예쁘지도 않은 불빛들이 엉성하게 켜져 있었으면 더 별로였을 것 같아"라고 말했다.

정말 그렇다. 어설픈 성공은 어느 쪽으로든 상쾌하지 않다. 성공이라기엔 부족하고 실패라기엔 아쉬우니까. 대실패는 그런 점에서 확실하게 통쾌하다. 많이 아프더라도 인정하기가 쉽고, 시간이 지날수록 추억 보정의 효과는 극대화되니까. 무엇보다 삶에서 겪게 될 무수한 패배 앞에서 쿨할 수 있는 좋은 주문이 된다. 어설픈 성공보다는 대실패! 물론 자주 써먹게 되진 않았으면 좋겠지만.

어설픈 성공은 어느 쪽으로든 상쾌하지 않다. 성공이라기엔 부족하고 실패라기엔 아쉬우니까. 대실패는 그런 점에서 확실하게 통쾌하다. 많이 아프더라도 인정하기가 쉽고, 시간이 지날수록 추억 보정의 효과는 극대화되니까. 무엇보다 삶에서 겪게 될 무수한 패배 앞에서 쿨할 수 있는 좋은 주문이 된다.

바라보는 일과 사랑하는 일*

갑작스럽고도 완연한 봄이다. 설부른 여름이 조금 섞인 것 같기도 한 그런 봄. 지난겨울이 얼마나 추웠든 간에 아무튼 이제 4월이고, 벚꽃은 며칠 새 만발했고, 다운 점퍼나 두터운 코트는 옷장 구석으로 퇴장했다.

어른이든 아이든, 사람이든 자연이든 밖으로 나서고 싶은 계절이다. 사람들은 주말마다 봄나들이를 나서고 겨우내 동면하던 동물들도, 앙상했던 나뭇가지의 새싹들도 모습을 드러낸다. 공원마다 아이들이 기립박수처럼 환하게 쏟아지는 계절, 봄. 요즘은 유독 길거리의 어린 아이들이나 반려견들이 더 환하고 생기 넘치는 것 같다.

초등학교 입학 전까지 김해시 삼계동 산자락 아래에서 개구리, 올챙이, 강아지들과 친구처럼 지냈던 나는 지금도 동물을 정말 좋아한다. 특히 강아지를 좋아해서 가끔 광안리를 걸으면 지나가는 반려견마다 눈을 떼지 못한다. 머리라도 쓰다듬고 싶지만 반려견에게도, 견주에게도 그건 예의가 아니란 걸 알아서 간절한 눈빛으로 바라볼 뿐이다.

그럼 반려견을 키우면 되지 않느냐고 반문할지도 모른다. 우선 나는 지금 원룸에 살고 있고, 아름이는 동물 털 알레르기가 있다. 무엇보다 근본적으로 살아 숨 쉬는 한 존재를 책임질 만한 시간도, 돈도 없다. 반려견은 나 보기 좋자고 들여놓는 장식품 같은 게 아니니까. 중간에 싫증난다고 버리거나 갈아치우는 게임 속 캐릭터 같은 건 더더욱 아니니까.

평균 수명이 15년 정도인 반려견을 분양(또는 입양)하는 일에도 이렇게 큰 책임과 다짐이 따르는데, 직접 낳아 기르며 어쩌면 평생을 함께 하게 될 아기의 육아가 얼마나 거룩한 일인지에 대해서는 입 아프게 주창할 필요도 없겠지. 요즘의 나는, 이미 결혼해 두 아이의 엄마가 된 아름이의 쌍둥이 여동생 D를 통해 육아의 '극히 일부분'을 매주 경험하고 있다.

D에게는 이제 26개월에 접어든 첫째 딸 봄이와 생후 2개월 둘째 아들 토리가 있다. (계절이 봄이라 그런가, '봄이'는 더 예쁘다!) 물리치료사인 D는 육아 휴직 중이라 집에서 육아에만 전념하고 있지만, 그럼에도 불구하고 24시간이 모자라다. 아기들은 저마다의 패턴으로 먹고, 자고, 싸고, 보챈다. 그 패턴들을 각각 챙기다 보면 정작 엄마인 D는 본인이 사람으로서 마땅히 누려야 할 먹고, 자고, 싸는 일을 제대로 해내기 어렵다. 이런 거창하지도 않은 아주 자연스러운 일들을 하지 못한다는 건, 어쩌면 아주 거창하고 힘든 일을 해내는 사람이 감내해야 할 숙명 같은 걸까.

다행스럽게도 D의 시부모님, 남편 모두 육아에 많은 도움을 주고 있고 나와 여자 친구도 거의 매주 주말마다 가서 '약간의 도움(?)'을 빙자한 조카 사랑을 실천하고 있다. 하지만 여전히 육아는 보통 일이 아닌 것 같다. '육아 휴직'은 말 그대로 육아를 위해 직장을 쉰다는 뜻이지, 그냥 쉰다는 의미가 아니었다. 차라리 직장은 출퇴근 시간이라도 정해져 있지. 육아란 정말 '제 生의 일부를 기꺼이 떼어주는 일'처럼 보였다.

힘들게 육아를 해내는 D의 사정과는 무관하게, 매주 주말마다 나는 봄이와 토리를 보며 마냥 행복감에 빠진다. 내 별명인 '바트'를 똑바로 발음하며 내게 안기고 웃어주는 첫째 봄이나, 심지어 입에서 나는 단내조차도 달콤한 둘째 토리를 보는 일은 정말 행복 그 자체다. 그래서 D의 집에 가면 나는 아기들에게 거의 한시도 눈을 떼지 않고 뒹굴며 논다. 그런 나를 보며 종종 D는 이런 말을 한다. "정말 잘 놀아줘서 고맙긴 한데, 너처럼 그렇게 매일 놀아주면 아마 며칠 가지도 못하고 몸살 날걸."

정확한 표현이었다. 나는 길어봐야 반나절 정도만 봄이와 토리에게 집중하면 그만인 사람이니까. 내가 하는 건 '생활의 육아'가 아니라 '잠깐의 놀이'니까. 눈에 넣어도 아프지 않을 만큼 예쁘고 귀한 자식이라도, 부모에게는 가끔 그 자식이 너무 밉거나 버거워지는 순간도 있는 법이다. 우리 부모님도 그랬을 것이다. 내가 봄이와 토리를 사랑스럽고 귀엽고 아름답게만 볼 수 있는 이유는, 그저 바라보기만 하는 사람이기 때문이다. 그렇게 '바라볼 때에만 아름다운 것들'이 우리 삶에는 참 많다.

봄이와 토리, 광안리를 거니는 수많은 반려견들, 그 밖에도 그저 바라보면서 아름다워 할 수 있는 많은 것들. 하지만 정말 온 마음을 다해 무엇인가를 사랑하는 일은 그저 바라보는 일은 결코 아닐 테다.

"찬란히 틔워 오는 어느 아침에도 이마 위에 얹힌 시詩의 이슬에는 몇 방울의 피가 언제나 섞여 있"다는 서정주의 「자화상」 시구를 변용하자면 '사랑에는 몇 방울의 피가 언제나 섞여 있'다. 무엇인가를 사랑한다는 건 대상의 상처와 상처에 흐르는 피고름까지도 껴안는 일이니까. 나를 사랑해주는 그 사람도 내 상처와 피고름을 껴안아준 거니까.

남녀의 사랑뿐만 아니라 부모 자식 간의 사랑도 다르지 않다. 자식이 아주 어릴 때야 부모가 온전히 자식을 감당하지만, 자식도 결국 부모가 지닌 상처와 피고름을 발견하고 껴안아야 할 시기가 온다. 김영랑 시인이 '찬란한 슬픔의 봄'이라며 내던진 역설법을 마음으로 수긍할 수 있는 이유도, 우리 모두 누군가를 그런 마음으로 사랑해본 적 있기 때문일지도 모른다. 그러니 '사랑하는 일'은 '바라보는 일'과는 확실히 그 깊이가 다르다.

해서, 우리는 '바라보는 일'을 '사랑하는 일'로 착각하지 않도록 수시로 제 안을 살펴볼 줄 알아야 한다. 반려견을 바라보는 일이 너무 행복하다고 해서, 반려견을 사랑하는 일도 행복하기만 할 것이라고 단정 지어선 안 된다. 반려견을 정말 사랑한다면 제때에 잘 먹여야 하고, 수시로 산책을 시켜야 하고, 똥오줌을 치워야 하고, 외롭지 않도록 할 수 있어야 한다. 아기를 바라보는 일이 너무 행복하고 즐겁다고 해서, 아기를 사랑하는 일도 마냥 행복하고 즐거울 것이라고 넘겨짚어선 안 된다. 그런 식으로 육아의 거룩함과 중노동을 폄훼하고 오해해선 안 된다.

나이 들수록 바라보는 일보다 사랑하는 일을 해야 할 때가 많아진다. 아름이와 손 잡고 걷는 것만으로도 정말 행복하지만, 평생 잡은 손을 놓치지 않도록 하는 일을 게을리 할 수는 없다. 직장 생활을 하지 않는 프리랜서 작가에게도 그런 점은 마찬가지다. 무책임한 낭만보다는 책임을 다하는 성실함이 더 좋은 글을 만드니까. 바라보는 일과 사랑하는 일을 착각하지 않는 사람이 되고 싶다. 바라보기보다는 사랑하는 사람이.

내가 사랑하고 싶은 건

　너 예쁜 거 남들도 다 알잖아. 그런 거 말고. 작은 귀 주변에 동화처럼 하늘하늘한 너의 잔 머리칼, 그런 거 말고. 남들 잘 배려해주고 함부로 욕하기보단 다독여주려는 그 따뜻한 마음씨, 그런 거 말고. 조금만 추우면 귀엽게 빨개지는 코와 아이처럼 새근새근 잠든 얼굴, 그런 거 말고. 너를 안으면 나는 부드러운 향기, 굳이 내가 아니어도 누구나 사랑할 만한 그런 것들 말고.

　많이 피곤하면 눈 안쪽에 조그맣게 생기는 눈곱 같은 거 말이야. 가끔 앞뒤 없이 투정부리며 성질내는 거. 자면서 갑작스레 내뱉는 이상한 잠꼬대. 막 일어나 제멋대로 헝클어진 머리칼. 삼겹살 먹고 나온 뒤 몸에 밴 고기 냄새, 된장찌개 냄새 같은 것들. 너의 아주아주 작은 새끼발톱과 가지런하지 않지만 매력적인 치열 같은 것. 그런 것들 말이야. 사랑하게 될 줄 몰랐지만 사랑하게 된 그런 것들. 계속 사랑하고 싶은 그런 것들.

보폭

아름이가 모교에서 근무하는 덕에 졸업을 한 뒤로도 일주일 3, 4일은 대학 캠퍼스를 걷는다. 유채꽃밭 자리에 새 건물이 들어서고, 흙먼지 날리던 대운동장이 잔디구장으로 변하는 과정을 공백 없이 지켜볼 수도 있었다. 나는 학생이고 아름이는 직원으로 있던 시절, 우리는 점심시간마다 만나 함께 밥을 먹고 캠퍼스를 걸었다. 연인 중 누구 하나가 먼저 직장생활을 시작하면 겪게 된다는 물리적, 심리적 거리감을 우리는 전혀 모른 채 지냈다.

그렇게 몇 년을 걸어 다닌 캠퍼스인데도 여전히 적응되지 않는 길이 있다. 바로 중앙도서관 바로 앞의 자그마한 동산(?) 같은 쉼터 길인데, 흙길 위에다 기다란 목재 발판이 징검다리처럼 깔려 있다. 문제는 그 발판의 간격이다. 한 칸씩 밟고 지나가기엔 너무 좁아 뱁새 걸음이 되고, 두 칸씩 밟고 지나가기엔 애매하게 넓어서 주제 넘은 황새걸음이 되고 만다. 그러다 결국은 발판을 무시하고 아무렇게나 걷는다. 그 길을 걸을 때마다 이런 생각이 든다.

분명 공사할 때 목재 발판이 예상보다 많이 남았던 것이다.

남겨서 처리하기는 귀찮으니 보폭은 무시하고 마구잡이로 흙길에 깔았던 것이다. 그게 아니라면 공사하는 분의 보폭이 지나치게 좁거나 넓었던 걸까. 아니, 아예 보폭 같은 건 고려하지도 않았던 것이다. 그것도 아니라면 혹시 사람이 아니라 고양이나 강아지가 걸어 다니는 길을 낸 건가.

그런데 오늘, 드디어 아름이가 그 길에 적합한 보폭을 찾아냈다. 발판을 두 칸, 한 칸, 두 칸, 한 칸 하는 식으로 번갈아 걸으면 비교적(?) 자연스럽다는 거다. 따라해보니 절뚝거리기는 했지만 확실히 조금 더 편했다. 그럼 이 길은 한쪽 다리를 다친 사람을 위한 길이었던 걸까. 또는 건강한 두 다리의 소중함을 깨닫게 하기 위한 큰 그림?

아무튼 잘못 만들어진 게 확실한 그 길을 우스꽝스러운 보폭으로 빠져나와 아름이의 사무실로 향하면서 문득 이런 생각이 들었다. 함께 걸어온 지난 10년의 길들을 돌이켜보면 꼭 이 쉼터 길 같았구나. 때로는 총총 걸음으로, 때로는 버거운 걸음으로. 그 와중에 절뚝거리면서도 최선의 보폭을 찾아내면서, 두 손을 꼭 잡고서.

앞으로 함께 걸어갈 무수한 길들이 친절하리라는 보장은 어디에도 없다. 제멋대로인 길 위에서 불평하거나 쉽게 좌절하는 대신 서로를 살뜰히 챙기는 마음. 자기 발밑만큼이나 서로의 발밑을 살피는 눈빛. 함께 걸어가고 싶은 사람의 보폭은 늘 다정하다.

기꺼이 불면하겠다

지난 주말엔 아기의 잠든 모습을 바라봤다. 오늘밤엔 다 큰 여자의 곤한 잠, 그 숨소리를 듣는다. 들숨과 날숨에도 체취가 있다. 그 숨결에도 익숙한 목소리가 섞여 있다. 듣다 보면, 어떤 어둠 속에서라도 이 여자를 알아챌 수 있겠다는 다행스러운 확신이 든다.

사람의 잠든 모습을 오래도록 보는 일은 경건해지는 기분을 들게 한다. 호흡만이 생의 유일한 증거가 되는 시간, 존재는 명료해진다. 사랑하는 사람의 잠든 모습을 오래도록 보는 일은 감사하고 행복하다.

호흡까지도 참 다정하구나, 숨소리마저도 사랑스럽구나.

이런 행복이라면, 나는 잠든 이 여자의 숨소리를 듣기 위해 기꺼이 새벽을 기다리겠다. 갈증으로 잠을 깬 여자에게 물 한 잔을 건네고, 뒤척이다 밀려난 이불을 곱게 펼쳐 여자의 배를 덮겠다. 이런 새벽이라면, 나는 자다 말고 몇 번이고 이런 글을 쓰겠다.

기꺼이 불면하겠다.

호흡까지도 참 다정하구나, 숨소리마저도 사랑스럽구나.

이런 행복이라면, 나는 잠든 이 여자의 숨소리를 듣기 위해

기꺼이 새벽을 기다리겠다.

기꺼이 불면하겠다.

궁금해서, 궁금하지 않아서

서로가 궁금해서 연애는 시작된다.

알면 알수록 슬프고 아름다워서, 가엾고 소중해서, 낯설고 흥미로워서 연애는 계속된다. 그러다 서로를 너무 잘 알게 되면 편안하고 아늑해진다. 그리고 거기서 조금만 더 오만해지면 이제 더 이상 서로에 대해 모르는 게 없다고 착각한다. 지루하고, 뻔하고, 끝내는 서로가 아니어도 될 것 같단 생각에 빠진다.

서로가 궁금하지 않아서 연애가 끝난다.

끝나고 나서야 알게 된다. 나는 아직 너를 다 알지 못했다는 걸. 아니, 나는 아직 나조차도 오해하며 살았다는 걸. 내 슬픔 하나 어쩌지 못한다는 걸. 늦은 새벽에 술에 취해 "자니?" 따위의 연락으론 아무것도 되돌리지 못 한다는 것도.

관계의 이자

진짜 그 사람의 존재 자체를 '내 것'이라고 생각해서 하는 말은 아니겠지만, 어쨌든 사랑하는 사이에 서로를 소유하려는 표현을 쓰는 건 사실이다. 하지만 아무리 사랑해도 서로가 될 수 없고, 서로의 일부분조차도 온전히 가질 수가 없다.

해서 역설적이게도 '당신은 독립적인 존재야'라는 걸 인정해야, 평화로운 둘의 관계가 지속될 수 있다. 그러니까 사랑한다는 건 서로의 존재를 믿을 수 있는 만큼 믿는 일, 각자의 진심과 상처와 마음을 맡기는 일인지도 모른다. 마음껏 행복하라고, 너에게 나를 다 빌려주는 일.

그걸 모르고 서로를 자꾸만 더 가지려 하다가, 끝내 헤어지고 나면 그 사람을 빌려 살았던 행복의 이자를 치를 수밖에. 빌린 돈에도 이자가 붙는데, 잠시 내 것인 줄 알았던 사랑이 무이자 할부일 리 없다. 후회, 미련, 그리움 같은 값비싼 이자를 치르고서야 사람들은 그걸 깨닫는다.

겨우 한 뼘의 믿음

행복해지는 일보다 누군가의 행복이 되는 일이 사람을 살게 한다.

금요일 저녁부터 월요일의 근심을 미리 떠안는 삶. 오늘처럼 그냥, 내일 하루쯤 더 살아봐도 좋겠다는 그 사소한 확신이 지난 10년을 밀어왔다.

매 걸음마다 닫힌 문이었던, 아무도 길을 알려주지 않는 미로 같던 지난날들.

우리 그래도 계속 걸었던 건 닫힌 문이 잠긴 문은 아닐 거라는, 힘껏 온몸으로 밀어보면 모로 걸음을 걷더라도 빠져나갈 틈은 열릴 거라는, 겨우 한 뼘의 믿음 때문이었다.

우리 언젠가 그믐밤 하늘에 잘 보이지도 않는 달이나 별 따위로 늙어가더라도 낮 한때의 다정한 햇살을 잊지 말자. 온 세상 물들였던 노을처럼 우리 삶의 슬픔도 다정했음을, 저물어가는 것이 그토록 아름다웠음을 잊지 말자. 잊지 않는 것으로 충분한 삶이 되자.

유사품 주의

뭐든 처음 접할 때에는 유사품에 주의해야 한다.

정직을 처음 배울 때에는 우둔함과 아집 같은 유사품을,

융통성을 처음 배울 때에는 비겁함과 기회주의 같은 유사품을,

낭만을 처음 배울 때에는 허영과 자기기만, 허무주의 같은 유사품을.

유언

어제는 비가 내렸다. 우리는 평범한 저녁을 먹고, 늘 그랬듯 모든 것들에 대해 대화했다.

만약 갑작스럽게 죽는다면, 내가 사람들에게 마지막으로 건넨 말이 하나하나 다 유언이 될 거라고 아름이는 말했다. 다음에 술 한잔 하자. 이번 주는 바빠서. 돈 많이 벌면 호강시켜줄게. 그런 지키지 못할 말들이 유언이 될까 봐, 말이 무거워진다고 했다.

우리는 각자 서로의 유언이 될 말들을 곰곰이 수습했다. 그 말들이 너무 무거워서 어디 높은 곳에서 뛰어내리려 해도 영락없이 우리는 마저 살아야겠다며 웃었다. 망해가는 가게는 손님들이 마지막으로 남긴 혹평, 그 유언들이 너무 많이 쌓여서 죽기도 전에 죽어버린 것 아닐까. 말은 정말 무겁고도 날카롭구나.

대학생 때 유언 작성하기를 해본 적이 있는데, 나는 A4 한 장 정도의 분량을 적어냈다. 지금 생각해보면 터무니없는 유언이었다. 구구절절한 이야기를 늘어놓기에는, 삶의 정차 시간이 너무 짧을 테니까. 당도한 죽음 앞에서는 몇 번의 숨고르기에도 전력을 다해야 할 테니까.

남겨진 사람들의 짐을 덜어주기 위해서 지갑에 유언을 넣어두는 것도 좋겠다. 나는 괜찮습니다. 덕분에 행복했습니다. 누구든 용서합니다. 그리고 미안합니다. 이런 얘길 하다가 마치 서로에게 건네는 말인 것 같아서 울었다.

우리, 서로에게 유언을 남긴다면 뭐라 할까. 아마 아무 말도 필요 없겠지. 그냥 손을 가만히 포개고 서로의 그렁그렁한 눈을 바라보기만 해도 다 알겠지. 얼마나 사랑했는지, 얼마나 행복했는지.

이 새벽에 갑작스러운 죽음이 찾아와도 조금 덜 억울할 만큼 많은 얘길 나눴다. 어제 우리는 꽤 괜찮은 유언을 주고받았다. 다정한 유언 같은 밤이었다.

아버지의 말

전화

빈아, 내 니한테 전화할 생각이 하나도 없었는데 달이 너무 예뻐가 달 보라고 전화해본다. 앞만 보고 살지 말고 오늘 같이 보름달 뜨고 할때는 위에도 좀 보고 그래야 되제.

비가 와서 그런가 달이 너무 예쁘다.
달이 꼭 느그 아름이 눈을 닮았다카이.

아주 예쁜 눈 같이 달이 떴다.
집에 가는 길에 달 보고 가거라.

서른이 벌써 어른은 아직

1판 1쇄   2019년 6월 10일
지은이   김경빈
펴낸이   손정욱
펴낸곳   도서출판 답
출판등록   2015년 2월 25일 제 312-2015-000063호
주   소   서울시 용산구 효창원로 93길 14 8층
전   화   02-324-8220
팩   스   02-6944-9077

이 도서는 도서출판 답이 저작권자와의 계약에 따라 발행한 것이므로
도서의 내용을 이용하시려면 반드시 저자와 본사의 서면 동의를 받아야 합니다.

이 도서의 국립중앙도서관 출판예정도서목록(CIP)은 서지정보유통지원시스템 홈페이지(http://
seoji.nl.go.kr)와 국가자료종합목록시스템(http://www.nl.go.kr/kolisnet)에서 이용하실 수 있습니다.

제목에 *표시한 글은 칸투칸 8F에 최초 기고된 글을 일부 수정하여 수록하였습니다.

ISBN 979-11-87229-25-4   03810

*책값은 뒤표지에 있습니다.